네이티브 가드

NATIVE GUARD

네이티브 가드
NATIVE GUARD

나타샤 트레스웨이

정은귀 옮김

은행나무

엄마를 기억하며

차례

III

기억은 어떤 묘지
나 한두 번 방문한 적 있어, 순백의
                         어디에도 있는, 그 저장소,

발아래 모든 곳에 있어…….

                                 —찰스 라이트[1]

시간과 공간에 관한 이론들

당신은 여기서 거기로 갈 수 있다, 집으로
가는 길은 아니라 해도.

어디를 가든지 지금껏 한 번도 가보지 못한
어딘가가 될 것이다. 이렇게 해보라:

미시시피 49번 고속도로를 타고 남쪽으로 달려보라, 일
마일 일 마일씩 표지판은 당신 인생의

매 순간을 째깍째깍 표시해주고. 이 길을
따라가면 자연스러운 결말에 도달한다 ─ 해안의

막다른 길, 걸프포트의 부두, 거기선
새우잡이 배들의 삭구가 금방 비 내릴 듯한 하늘에

띄엄띄엄 느슨하게 드리워져 있다. 묻혀 있는
과거의 영토 ─ 맹그로브 늪지 위에

모래를 쏟아부어 42킬로미터 정도 인공으로
조성한 해변을 가로질러서. 당신이 지니고

가야 하는 것만 가지고 오라―두꺼운 기억의 책,
여기저기 비어 있는 페이지들. 부두에서

당신은 십아일랜드행 배를 타게 된다,
누군가가 당신 사진을 찍어줄 것이다:

그 사진은―당신이었던 누군가는―
당신이 돌아오면 기다리고 있을 것이다.

I

엄마를 만나러 그곳에 가네
내가 오면 만나겠다고 엄마가 말했어
나는 다만 요르단강을 건너서 가고 있네
나는 다만 집으로 가고 있네

— 옛 노래

남부의 초승달

1

1959년 내 어머니는 기차를 타고 있다.
이제 겨우 열여섯, 집에서 만든 드레스로
부풀어 오른 엄마의 큰 가방은 크리놀린[2]과
레이스로 바스락거린다, 모두 엄마 이름이
바늘땀으로 새겨져 있다. 그녀는 미시시피의
그 흙길들을 두고 떠나는 중이다,
발목을 싸고도는 붉은 흙먼지 막을,
엽총집[3] 마루 널 사이로 부는 가느다란 바람 소리를,
집이라고 하는 바로 그것을 두고 간다.

그녀 앞에는 여러 날의 여행길이, 한 도시를
지나 다음 도시로, 그리고 *캘리포니아—*
계속해서 되뇌는 단어 *캘리포니아.* 다시 또다시
그녀는 아버지를 만나는 연습을 한다, 아버지가
어떻게 생겼을지, 딱 한 장 있는 사진으로
본 모습과 얼마나 바뀌었을지 상상한다. 그녀는
한 번 더 사진을 볼 것이다, 로스앤젤레스
역에 들어서면, 그리고 승강장에서 다시 또다시
볼 것이다, 그와 같은 사람은 눈에 띄지 않고.

2

늙은 초승달호[4]가 마지막 운행을 하는 그해,
엄마는 우리가 차를 같이 타야 한다고 고집한다.
아침 늦게 우리는 걸프포트를 떠나 동쪽으로 향한다.
몇 년 전에, 우리는 어떤 한 남자를 만나기 위해
함께 기차를 탔다, 우리를 기다리고 있는, 내 아버지,
우리 기차는 때마침 탈선했고. 그녀가 나를 어떻게 안고
있었는지는 기억이 나지 않는다, 엄마가 또다시 그 모든
불확실함을 깨닫게 되었을 때, 엄마 얼굴이 어떻게 움푹
꺼졌는지도 기억나지 않는다—그 여행도 잘못되었다. 오늘,

그녀는 우리가 집을 떠날 수 있다고 확신한다, 우리를
기다리고 있는 것만을 향해서, 지금 태양은 우리
뒤에서 지고 있고, 철로는 마치 기대처럼 콧노래를
부르고, 기차는 우리를 끌고 있다, 또 다른
날의 끝을 향하여. 기차 창문으로 작은 마을들이
하나씩 지나는 걸 나는 바라본다, 마침내
빛이 사라지고, 창문에 어머니 얼굴이 반사되어
나타난다, 저녁이 오고 있으니 어머니 얼굴은 이제
더 선명하다, 저녁이 온다, 어둡고 확실한 저녁이.

나르시서스속(屬)

> 아름다운 수선화, 당신이 그리 빨리
> 가버리는 걸 보고 우리는 울어요.
> ─로버트 헤릭[5]

학교에서 집으로 걸어온 길은
나무들과 그림자가 우거져 있었다, 개울을 따라서,
또 노란 수선화가 환했다, 겨울의 마지막

회색빛 날들에 환하게 일찍 피어난 꽃. 나는
수선화가 야생으로 자라는 걸 분명히 알았던 것 같다
가져가도 상관없다고 생각했으니까. 그래서 그랬다─

쥘 수 있는 만큼 한가득 꽃을 모아서,
병에 예쁘게 담아서, 엄마에게 주었다.
엄마는 창틀에 그걸 놓았고, 나는 옆에 앉아서

한낮이 저녁으로 기울 때, 빛이 유리를 통과해
구부러지는 걸 바라보았다, 엄마에게 작은
선물을 준 나 자신을 기특하게 생각하며.

유치한 허영심. 그 꽃들 안에서 나는 나 자신을
가늠해보았던 것이 틀림없다─가느다란 꽃대,
한 송이씩 피어나 고개를 든다

칭찬을 향해서, 혹은 수그려 반성을 만나기도 한다.
몇 년 전 집으로 걸어갈 때, 나는 아무것도 몰랐다
나르시서스 혹은 수선화의 짧은 봄에 대해—

어떻게 하여 무덤가 꽃처럼 마르는지, 바람이 불면
바스락거리며—창틀에 믿을 수 없는 속삭임이
하나 있다. *너 자신에게 빠져들어봐*,

그들이 내게 말했다; *일찍 죽어버려*, 내 어머니에게 말했다.

묘지 블루스

우리가 그녀를 눕히는 동안 내내 비가 내렸다;
그녀를 눕히고 있을 때 교회에서 무덤까지 비가 왔다.
우리 발밑에서 진흙이 텅 빈 소리로 푹푹 빠졌다.

목사가 큰 소리로 불렀을 때, 나는 손을 들었다;
그가 증인을 불렀을 때, 나는 손을 들었다—
죽음은 육신의 일을 멈추게 합니다, 영혼이 일을 합니다.

떠나려고 내가 돌아섰을 때 해가 나왔다,
내가 돌아서서 떠날 때 해는 이글이글 나를 노려보았다—
엄마 누워 있는 곳에 엄마를 두고 나는 등을 돌려버렸다.

집으로 가는 길은 온갖 구멍들로 패어 있었다,
집으로 가는 그 길은 늘 온갖 구멍들로 가득했는데;
우리가 지금 속도를 늦추더라도, 시간의 바퀴는 여전히 구른다.

　　나는 지금 망자들의 이름 사이를 헤맨다:
　　우리 엄마 이름, 내 머리를 누일 돌베개.

몸이 말할 수 있는 것

돌 속에서조차 그 몸짓은 틀림이 없다—
무릎 꿇고 있지만 꼿꼿한 사람, 등뼈는 아치로

휘고, 머리는 뒤로 젖힌 채, 두 눈은 가리고 있다,
손가락을 펴서 얼굴을 덮고 있다. 나는 생각한다,

어떤 슬픔을, 그가 여기, 신학교 마당에
있으므로, 그가 신에게 무엇을 부탁할까 하고.

이 육신의 언어를 읽는 것은 얼마나 쉬운가,
우리가 알게 된 이 몸짓들—치켜든 엄지손가락은

동의의 상징이자 태워달라는
요청의 상징이다, 두 손가락을 세우는 것은 한때

승리를, 또 *평화*를 의미했다. 하지만 어머니가
죽기 얼마 전 그날 한 말은—얼굴을

내 쪽으로 치켜들고, 입을 벌린 채, 말없이,
교회에서 제병을 받기 위해 입을 열 때처럼,

교감[6]을 뜻했나? 중요한 건 맥락이다―
그 길가, 혹은 나 아직도 뭐라고 부를 수도 없는 것을

내 어머니가 원했다는 사실: 무릎 꿇고, 두 손으로
얼굴을 가리고선, 나 신에게 부탁할지도 모르는 것.

사진: 1971년 눈 폭풍

어째서 아름다움의 그 거친 테두리인가? 괴로운
여자의 그 지친 얼굴은, 어째서
카메라의 눈으로 빛을 발하게 되는가?

아니면 우리를 여러 날 집 안으로
몰아넣는 폭풍은, 전기가 나가고, 음식이
냉장고에서 썩어가고, 그런 때 밖에서

반짝이는 얼음 아래 풍경은 어째서
이다지 빛이 나는가? 그 며칠간의 경이,
얼음 나무들, 투명 유리 케이스 안의 이파리

하나하나, 그런 것들 말고 왜 기억하는가?
그 첫 아침에 우리가, 그 아름답고 기이한
곳에서, 그 앞마당에서 찍은 사진 —

뒷면에는 누가 대체 왜 리스트를 만들었나,
우리 이름들, 그 날짜, 그 사건으로: 안에 있는 것은
아무것도 담고 있지 않은데 — 엄마, 새아버지의 주먹?

증거란 무엇인가

그녀가 화장으로 덮은 덧없이 사라지는
멍이 아니라, 그녀가 출구를 찾으며
망원경에 눈을 너무 세게 눌러 찍힌 자국처럼 남은
어두운 반점이 아니라, 난로 위 뼈다귓국 우리던
솥에 몸을 기울이고선 그녀가 가다듬곤 하던
목소리의 떨림이 아니라. 자기 치아 대신
해 넣은 그 이가 아니라, 혹은
그 공문서—그 직인과
희미해진 서명—이미 바래고 있는,
나달나달 닳은 모서리가 아니라. 날짜들과 그녀 이름이
적힌, 역사처럼 추상적인, 그 작은 표지가 아니라.
다만 그녀 육신의 풍경—쪼개진 빗장뼈,
구멍 난 관자놀이—그녀의 자그만 뼈들이지,
매일 조금씩 자리를 잡는, 모든 게 그러하듯.

글자

우체국에서, 친구에게 쪽지를 급히 갈겨써 보낸다,
내가 막 이사 와서, 정착했다고 말한다,

나 지금 급히 심부름(*errand*)을 가려는 참인데 — 그런데
잘못된(*errant*)이라고 쓴다, 글자들 사이에 실수로,

글자들 각각의 꼿꼿한 등뼈로 그 페이지에
닻을 내리고. 한 글자는 그 안에 충만한

가능성을 품고 있다, 거의 알파벳 O와 같은 모양
내 친구가 우편함에서 내 편지를 보게 되면

짓게 될 입 모양처럼; 다른 한 글자는, 당신 죽음의
평평한 선처럼 죽 그은 마크다, 교회 문 위에 있는

그 상징이다, 기억도 희미해진 어느 수요일에
당신 이마에 얹은 재다.

내가 뭘 말하고 있었더라? 그 단어를 줄로 긋고 나는
다시 시작해야 했지, 당신이 그런 식으로 나를 떠났기에

내가 가장 잘 아는 걸 설명해야 했지: 어떻게 갑자기

　단순한 심부름이, 글자 하나가 ― 모든 것이 ― 잘못될 수 있는

지를.

당신 죽음 후에

우선, 나는 당신 옷장을 비웠어요,
당신 손길 닿아 멍이 든 과일이 담긴 그릇을
내버리고, 잼을 넣어두려고 당신이

샀던 그 단지들을 비웠어요. 다음 날 아침,
새들이 그 과일나무들을 바스락거렸고, 나중에
줄기에서 잘 익은 무화과를 하나 비틀어 땄을 때,

이미 반쯤 먹힌 걸 봤어요, 반대편은
벌써 썩어 있었고, 혹은―내가 따서 갈라
본 다른 무화과처럼―안이 이미 비어 있었어요:

벌레 떼가 그걸 파내고. 나는 너무 늦었어요,
다시, 또 다른 공간이 상실로 비워졌어요.
내일, 내가 아직 채우지 못한 그 그릇.

신화

당신이 죽어가고 있을 때, 나는 잠을 자고 있었어요.
어떤 틈으로 당신이 빠져버린 것 같아요, 어떤 구멍
나의 선잠과 나의 깨어남 사이에 내가 만드는,

내가 당신을 데리고 있는 에레보스[7], 아직도 애쓰면서
보내지 않으려고요. 내일 당신은 다시 죽게 되겠지요,
하지만 꿈속에서 당신은 살아 있지요. 그래서 나는 애를 씁니다

당신을 다시 아침으로 데려오려고. 잠에 취해, 뒤척이며,
눈을 뜨고, 나는 당신이 따라오지 않은 걸 알게 되어요.
다시 또다시, 이토록 끝이 없는 저버림.

*

다시 또다시, 이토록 끝이 없는 저버림:
눈을 뜨고, 나는 당신이 따라오지 않은 걸 알게 되어요.
당신은 다시 아침으로 돌아가네요, 잠에 취해, 뒤척이며.

하지만 꿈속에서 당신은 살아 있지요. 그래서 나는 애를 씁니다
보내지 않으려고요. 내일 당신은 다시 죽게 되겠지요.
내가 당신을 데리고 있는 에레보스—아직도, 애쓰면서—

나의 선잠과 나의 깨어남 사이에 내가 만드는.

어떤 틈으로 당신이 빠져버린 것 같아요, 어떤 구멍.

당신이 죽어가고 있을 때, 나는 잠을 자고 있었어요.

해 질 녘에

처음엔 그녀가 아이를 부르고 있는 거 같아,
문에 쭉 몸을 내밀고 있는, 내 이웃,
해 질 녘에, 가로등이 윙윙 저녁의 배경을
노래하기 시작하고. 그리고 나는 듣는다,
소리만 아는 동물들을 구슬리려고 높은음으로
우리가 내는 소리, 우리의 단어 — 여기, 여기 — 가
갖는 의미가 아닌 소리,
가끔은 그런 단어들 아무 소용이 없어.
내 이웃 시야 너머, 다른 마당에서는,
고양이가 귀를 쫑긋 들어, 그 목소리를
향해 몸을 돌렸다가, 자기 머리 근처에서
깜박이는 반딧불이들 무리 쪽으로
돌아가네. 꽃들 가지런히 늘어선
낮은 산울타리를 뛰어넘어 현관 쪽으로,
그 안정된 빛의 원 속으로 들어갈까 말까
아니면 그냥 자기 있던 그 자리에 있을까
고양이는 망설이는 것 같아: 빛나는
가능성 — 그녀를 집에서 떠나 있게 하는
그 모든 것 — 이 그녀 앞에서 팔랑거리네.
내 이웃의 목소리가 서서히 잦아드네.
이제 그녀는 부르는 걸 포기한 거지, 집에서

기다리는 걸 택한 거라고 나는 상상하네,
아마도 TV 앞 의자에 앉아서,
아니면 돌아다니며, 잡다한 일을 하며;
나는 혼자 상상하네, 저 밖에 누군가가 있을 때
나 또한 내 목소리를 높여서, 여기서 거기까지
내 목소리의 선을 박음질해 보낼 거라고,
내가 만드는 소리는 분명히 그 누구를
집에 불러들일 수 있을 거라고.

II

————◆————

모두가 미시시피에 대해 알고 있다.

— 니나 시몬[8]

순례

빅스버그, 미시시피

여기서, 미시시피강은
　　그 검은 진흙 길을 새긴다, 가라앉은

배들의 해골들을 위한 묘지.
　　여기서, 미시시피강은 항로를 바꾸어,

도시로부터 몸을 틀어서
　　과거를 잊고, 돌아서고 있다—

버려진 절벽들, 굽이진 강
　　위로 완만한 땅—여기서 이제

야주강[9]이 미시시피강의 텅 빈 바닥을 채운다.
　　여기서, 죽은 자들은 돌이 되어 서 있다, 하얀

대리석으로, 남부연합 애비뉴에. 나는 한때
　　거미줄 같은 동굴들로 패어 있던 땅 위에 서 있다;

그들은 틀림없이 지하 묘지처럼 보였을 것 같다,
　　1863년에는, 자기 거실에 앉아 있는 그 여자에겐,

촛불을 켠 채, 지하에. 나는 그녀를 볼 수 있다,
　　포탄이 터지는 소리를 들으며 자신을 역사 속에

새겨 넣고 있는 모습을, 이곳에서 살아 있는 모든 것들은
　　어떻게 될까요?[10]라고 물으면서.

이 도시 전체가 하나의 무덤이다. 매년 봄—
　　순례—산 자들은 와서 어울린다,

그 죽은 자들과, 긴 복도에서 그들의
　　차가운 어깨를 스치며, 밤새도록 듣는다,

그들의 침묵과 무관심을, 그 초록의 전쟁터에서
　　그들의 죽어감을 다시 살아본다.

박물관에서, 우리는 그들의 옷에 감탄한다—
　　유리 진열장 안에 보존되어 있는데—우리

옷보다 훨씬 작아서, 마치 그 옷을 입은 사람들이
　　아이인 것만 같다. 우리는 그들의 침대에서 잔다,

절벽 위에 웅크린 그 낡은 저택들, 그 위로 꽃들이
　　드리워져 있다 ― 장례식 ― 잿빛의 강을

배경으로 어른거리는 꽃잎들.
　　내 방의 안내 책자는 이걸

살아 있는 역사라 부른다. 문 위의 놋쇠 명패엔
　　프리시의 방이라고 쓰여 있다. 창문은 멕시코만으로

완만히 흐르는 강을 틀에 넣고 있다. 꿈속에서,
　　역사의 유령이 내 옆에 와서 눕는다,

돌아누우면서, 무거운 팔 아래 나를 꼼짝 못 하게 가둔다.

다큐멘터리의 장면들
미시시피의 역사

1. 킹 코튼, 1907년

사진의 구석구석에서, 깃발들이 나부끼고 있다
빅스버그 메인 스트리트를 따라. 아치를 만들면서 쌓여 있는
커다란 목화솜 더미들이 땅에서 솟아 있는 모습은

거대하게 부풀어 올라, 그 마을을 뒤덮는 역사의 물결 같다.
루스벨트가 도착하면─퍼레이드─밴드가 행진할 것이다,
길모퉁이마다, 깃발들이 나부낀다.

현수막에는 이런 단어들, *목화*, *미국의 왕*, 번영의 소리로
아로새겨지고. 남부의 반격이 있기 2년 전 일이다─
거대한 목화솜들이, 땅에서 솟아올라서,

목화 바구미들로 득실득실─전염병, 성경처럼, 도처에.
이제, 흑인 아이들이 그 뭉치들 탄다, 풀 먹인 뻣뻣한 옷 입고.
사진 속, 높은 곳에서, 그들은 깃발을 흔들고 있다,

우리에게 등을 돌린 채 미래를 향해, 둥근 아치
아래로 걸어갈 대통령을 위해. 아이들은, 높은 곳에서─
땅에서부터 쌓아 올린 그 커다란 목화솜 더미 위에서─

우리를 빤히 바라본다. 목화솜이 그들을 둘러싼다, 거대하게 부
푼 둔덕이
그들을 지탱하며, 우리에겐 등을 보인다. 아치에서,
사진 구석구석에서, 깃발들이 나부끼고 있다,
커다란 목화솜 더미들이 땅에서 솟아오른다.

2. 상형문자, 애버딘 1913년

잠이 든 듯, 아이의 머리가 처져 있다.

옆모습은, 허리까지 옷을 벗은 채, 그는

남자의 무릎 위에서 평안하다. 남자는, 멜빵바지에 수척한데,

아이의 가느다란 팔을 부드럽게 잡고 있다 — 뾰족한 팔꿈치,

피부와 뼈의 하얀 표시 — 앞으로 당겨서

기형이란 걸 보여준다 — 굽은 등, 등뼈의

곡선 — 그들 삶이 하루하루 얼마나 힘든지

정확히 말해준다: 어떻게 하여 아이가

그를 따라 들로 나가, 긴 시간을 따라다니다,

자루 옆에서 꼬꾸라지는지, 목화 얼마예요?

그의 육신이 묻는다, 아니면 부엌에서 아이스박스에

기대어, 음식은 얼마예요? 아니면

교회에서 그의 옆에 무릎을 꿇고는,

주여, 대체 왜, 도대체 왜요? 그들의 자세가 이렇게 말

하는 것 같다 보세요, 이게 바로 고통의 윤곽이랍니다:

아이는 그걸 짊어지고 있다 — 무덤 위에

쌓인 흙 둔덕을.

3. 홍수

그들은 부풀어 오른 강의
뒤에서 도착했다, 강을 가르는
바지선, 몇 안 되는 소지품들은
발밑에 모여 있다. 그들 위에
주방위군이 제방 위에
쭈그리고 앉아서; 소총을 꽉 쥐고,
고지대로 가는 길을 막고 있다.
흑인 피난민 한 무리는,

자막은 우리에게 말한다, 노래를
하라는 명령을 받았다, 육지로 가는
길에서, 마치 기도의 합창처럼 — 그들의 혀는
검은 방울들의 혀다. 여기서,
카메라는 미동도 않는 그들을 포착한다. 마치
학창 시절 앨범 사진을 찍듯이,
아이들은 무릎에 손가락을 가지런히 한다.
한 소년은 심장의 힘찬 박동 위에
오른손을 얹어 충성을 표시한다.

주변은 온통 넓은 강, 바지선은

그들 발아래 보이지 않고, 그들은
그들 앞에 있는 것에 고정되어 있다: 소총
가늠쇠의 구멍; 카메라 렌즈;
바지선과 마른땅 사이 진흙투성이 움푹한 곳—
그 모든 것이 조리개 열어, 시간 속에
포착된 순간의 협곡이다. 여기, 1927년의
비스듬한 빛 속에서, 그들은 역사의 피난민들:
바지선이 그들을 여기까지 데리고 왔다;
그들은 하선을 기다리고 있다.

4. 늦었다

해가 높다랗고 아이의 그림자가,
거의 완전히 그녀 밑에서, 콘크리트 위
그녀 맨발바닥을 건드린다. 틀림없이
더울 텐데, 그녀는 걷는다; 그녀의 목표는

이 장면의 내용을 읽는 거다 — 손에 있는
책 한 권, 도서관은 닫혀 있고, 문은
손에 닿지 않는다. 앞으로 나가서, 그녀는
그 두 사인을 봐야 한다, 천천히 한 번 더 읽어야 한다.

첫 번째 것은, 창백한 글씨로, 하얀 바탕에
잘 보이지도 않는다. 그린우드 흑인 도서관이라
결국 읽게 되겠지만, 다른 하나는 석판 위
굵은 글씨로, 그녀를 밖으로 안내할

것이다, 그 프레임에서 나가도록, 손가락이 왼쪽을
가리킨다. 나 그녀에게 전화해서 말하고 싶다, *기다려.*
하지만 이것이 역사다: 그녀는 더 머물 수 없다.
그녀는 내가 읽은 그 사인을 읽을 것이다: 늦었다.

네이티브 가드[11]

> 이 전쟁이 만약 잊힌다면, 모든 신성한 것들의 이름으로
> 나 묻노니 도대체 사람들은 무얼 기억할까?
> —프레더릭 더글러스[12]

1862년 11월

진실을 말하자면, 나는 잊고 싶지 않다

내 이전 삶의 그 어떤 것도: 속박에 대한

풍경의 노래를—멕시코만으로 흘러 들어가는

강물의 목구멍에 어린 만가를, 덩굴에 목이 조인

나무들에 부는 바람을. 비록 나 자유로워졌지만,

나는 내가 자유의 결핍을 갖고 가리라 생각했다,

끝없는 회상이 아닌 기억을.

그래: 나는 수확 철에, 노예로 태어났다,

어센션 패리시[13]에서; 나는 내 등에 새겨진

한 살 어린 역사와 함께 이제

서른셋이다. 이제 나는 잉크를 쓴다,

기록하기 위해, 완결된 책을 만들기 위해,

기억—흠 많고 변덕스러운—의 유혹이 아니라, 기억은 채찍질을

주인에겐 무디게 만들고, 노예에겐 더 날카롭게 하기에.

1862년 12월

노예로선, 주인이 있으면 일에 대한 몰두가

더 예리해진다, 그건 병장이 대대 훈련과

열병식을 완벽하게 하게 하려고 우릴

움직이는 것과 같다. 아직도 우리는 보급 부대로 불린다—
보병이 아니라—그래서 우리는 참호를 파고,
군대를 위해서 이전 못지않게 무거운 짐을
져 나른다. 대령이 그걸 두고 깜둥이 일
이라고 부르는 걸 들었다. 배급은 반만 있어도
일은 여전히 익숙하게 돌아간다. 남부 연합의
버려진 집들에서 필요한 물건들을 가지고 온다:
소금, 설탕, 심지어 이 일기장도, 다른 사람이
쓴 말로 이미 거의 꽉 찼지만, 이제 내가 겹쳐 쓰면서
내 글자 아래는 십자 모양으로 표시를 했다. 매 페이지마다
그의 이야기가 내 이야기와 교차하고 있다.

1863년 1월[14]
아, 역사가 어떻게 교차하는지—북극성이라고
불리는 배에 내 침상을 두고
나는 새로운 삶으로 나아가고 있다,
포트매사추세츠로: 엄청난 아이러니다—
자유의 길도 그 목적지도 나는 둘 다
감히 여행할 수 없었다. 여기서, 이제, 나는
발목까지 오는 모래를 걷는다, 파리에 뜯기고,
더위에 거의 질식할 지경인데, 그래도 나는 멕시코만

위를 살펴볼 수 있고, 파도가 부서지며 배를 요동치게
하는 걸 볼 수 있다, 물 위에서 그 대단한 군함이
까닥까닥한다. 우리는 같지 않은가,
주인의 손안과 운명의 손안에 있는 노예들?
ㅡ밤하늘은 행운의 약속으로 붉게 빛나고
새벽은 새살처럼 분홍이다: 속박에서 벗어나, 치유된다.

1863년 1월

오늘, 새벽은 경고로 붉게 물들었다. 끝도 없는
보급품들이 우리가 상륙할 때 해변에 쌓여 있었는데,
너무 빨리 불어닥쳐온 폭풍에 다 쓸려가버렸다,
우린 아무것도 할 수 없었다. 나중에 일하면서,
속도를 맞추려고 누군가가 낮게 부르는
노래에 나는 동참했는데, 전에 알지 못했던 노동의
유대를 느꼈다. 바로 그때, 검은 남자가
셔츠를 걷어 올렸는데, 흉터가 드러났다, 이 일기장에
그어놓은 십자 모양의 흉터가 그의 등에 있었다.
로프가 어떻게 모래 위에서 획획 채찍처럼
갈라지는지를 말해주고, 바람에 헐거워진 텐트의
거친 춤을 메모하게 만든 이가 바로 그 사람이었다.
우리는 바라보고 또 배웠다. 요령 있는 주인들처럼,

우리는 이제 우리가 지킬 것을 묶어두는 법을 안다.

1863년 2월

이제 백인 남자들을 포로로 잡아두는 것이
우리의 임무임을 안다―반란군 병사들,
주인이 될 사람들. 여기서 우리는 모두 서로가
서로에게 채권자들이다. 자유가 그들을 포로로
만들었다. 우리로선, 우리는 징병제를 선택
했다―우리를 여전히 노예로 부릴 사람들에게
우리는 간수다. 그들은 조심스럽다, 우리를 보기만 해도
겁을 낸다. 어떤 이들은 읽지도 쓰지도 못한다,
너무 아는 게 없어서 내가 가르쳐준 말들 외에는
전할 수 있는 단어도 거의 없다. 아직도 그들은
글을 쓰고, 편지를 받아 적는 깜둥이들을 경계한다.
X가 그들을 페이지에 묶어둔다―무덤 위의 십자가처럼
무언의 상징이다. 내가 듣지 않을까, 잉크로 뭔가를
적지 않을까 아무래도 그들은 겁내는 것 같다.

1863년 3월

나는 듣는다, 내가 아는 걸 잉크로 적는다
글이 되기에 너무 큰 침묵 사이로 그들이

힘겹게 말하는 것을: 사랑하는 이들을 걱정하고—
여보야, 어떻게 잘 지내는지—
그들의 작은 땅뙈기들이 어찌 되었는지—
식량은 쟁여둘 만큼 충분히 수확했는지?
그들은 이전 삶에서 가졌던 평온을 그리워한다—
손을 흔들던 당신을 그려보고 있어요.
어떤 사람들은 사진을 보낸다—육신이 돌아갈 수 없을
때를 대비해서 보내는 초상이다. 또 어떤 이들은
이 전쟁의 적나라한 사실들을 받아 적는다: 뜨거운 대기가
뼈 구덩이 속에서 썩어가는 몸뚱어리 악취를 실어 날라.
파리가 들끓고 있어—검은 구름. 우리는 굶고 있고, 나날이
약해지고 있어. 사람들이 죽으면, 그들 몫의 건빵을 우리가 먹어.

1863년 4월[15]

사람들이 죽으면, 그들 몫의 건빵을 우리가 먹고
그 사람들 움푹 꺼진 눈구멍과 벌레가 기어 다니는
뺨을 생각하지 않으려고 애쓴다. 오늘 우리는
마지막 주검을 묻었다 패스커굴라에서 온 사람,
또 우리 배로 퇴각하다가 죽은 사람들도 묻었다—
푸른 제복을 입은 백인 항해사들은 우리가
적이라도 되는 듯 우리에게 사격을 한다. 전투가

끝났다고 생각했는데, 그러고 나서 내 옆에 있던
사람이 꼬꾸라지는 걸 봤다, 기도하듯 무릎이 먼저 꺾였다,
그러곤 또 한 사람, 마치 십자가에 매달린 듯
팔을 쭉 뻗고 그는 쓰러졌다. 총구마다 피어오르는
하얀 연기는 마치 떠나가는 영혼 같았다. 대령이 말했다:
불행한 사건이야; 말했다:
그들의 이름이 역사의 한 페이지를 장식하게 될 거야.

1863년 6월[16]
어떤 이름들은 돌에 새겨지듯 역사의 한 페이지를
장식하게 될 것이다. 그렇지 않은 경우도 있다.
어제 허드슨항의 전장에서 죽은 흑인 부대들에 대한
소식이 왔다; 어떻게 뱅크스 장군이 이런 말을
했는지, *거기선 죽은 사람이 하나도*
없다, 그리고 어떻게 그들을 기입하지 않고 버렸는지. 간밤에,
꿈을 꾸었지, 아직도 뜬눈으로 있는 병사들 — 멍하니
흐릿하네, 해안에 밀려온 물고기 눈 같아, 고정된 눈동자 —
나를 되쏘아보네. 그런데도 더 많은 이들이 오늘도
입대하고 싶어서 몰려들고. 그들의 몸은 — 퀭한
얼굴과 수척한 팔다리가 — 본토 소식을 가지고 온다.
굶주린 자들은 우리 포로들처럼 고통받고 있어. 죽어가며,

그들은 우리에게 청하네, 우리가 가지고 있지 않은 것을.
죽음이 우리 모두를 평등하게 만든다: 공정한 주인이다.

1864년 8월
뒤마는 우리 모두에게 공정한 주인이었다.
그는 내게 읽고 쓰는 법을 가르쳐주었다: 나는 남자
하인이었다, 남자가 아니라면. 내 일을 할 때,
나는 자연적인 것들을 공부했다―내가 지금 내 책에
그리는 온갖 종류의 식물들과 새들: 굴뚝새,
도요새, 왜가리, 아비. 정원을 가꾸면서
나는 살아 있는 것들만 연구할 생각을 했다,
죽은 자들에 대해서는 그다지 많이 알려 하지 않았다.
이제 나는 십아일랜드의 무덤들을 돌본다, 변하고
사라지는 모래언덕 같은 낮은 흙더미들. 이름을 기록하고
집에 간단한 소식을 보내고, 언제 그리고 어떻게 정도일
뿐이더라도―공적인 임무다. 너무 세세하게
쓰지 않는 것이 좋다고 들었다, 하지만 나는 안다
반드시 설명해야 하는 것들이 있다는 것을.

1865년[17]
다음과 같은 사항은 꼭 설명할 필요가 있다:

항복의 백기를 들었는데 학살당한 경우—

포트필로에서 발생한 흑인 집단 학살; 우리의

새로운 이름, 아프리카 군단(Corps d'Afrique)—우리에게서

*네이티브*를 가져가는 단어들; 촌뜨기들과 자유민들—

자기 고향 땅에서 추방당한 사람들; 병자들, 불구자들,

잃어버린 모든 팔다리, 그리고 남아 있는 것들: 환상-

통, 텅 빈 소매에 떠도는 기억; 게티즈버그에서

돼지에게 먹힌 사람들[18], 무덤에 아무 표지도 없는

사람들; 모든 죽은 편지들, 대답 없는;

시간이 침묵하게 하고 말 사람들의 말해지지 않은 이야기들.

전쟁터 아래에는, 다시 초록이 일고,

죽은 자들은 썩어가고—까맣게 잊고서, 우리가

밟고 있는 뼈의 발판. 진실을 말하자면.

다시, 그 들판

원즐로 호머풍으로[19]

죽은 이들은 밀 다발처럼 길게 늘어져 있었다 한쪽 끝에서
다른 쪽 끝으로 거의 모든 시체 위를 걸을 수도 있을 정도
였다[20]

더 이상의 장총은 없다, 뼈만
앙상한 행군의 피로도, 짓밟힌
풀도, 성찬의 포도주처럼 붉게

젖은 땅도. 이제, 그 참전 용사는
새로운 들판을 향해 눈을 돌린다, 공화국의
돔처럼 반짝이는 들판. 여기서,

그는 어깨를 으쓱이며 과거를 무시했다―그의
재킷과 수통은 구석에 처박혀 있다.
그림 정중앙에서 그는 하늘과 땅을

결합하여 삼위일체의 닻을 내린다.
그의 낫 아래로 밀이 떨어지고―
풍부함의 언어다―낫질한 자리들은

들판의 열린 페이지 위 성서 같다.
끝도 없이, 밀은 그 프레임 너머
펼쳐져 있다, 먼 들판을 향하는 것 같다―

하늘과 목화가 만나는 하얀 캔버스,
거기서 다른 참전 용사가 땀 흘려 일하고,
그의 손은 어두운 흙빛이다.

III

아, 자석 같은 남부여! 아, 반짝반짝 향기로운 남부여! 나의 남부여!
아, 재빠른 용기, 풍부한 피, 충동, 그리고 사랑이여! 선과 악이여!
아, 내게 소중한 모든 것이여!

— 월트 휘트먼

목가

꿈속에서, 나는 '도망자 시인들'²¹과
함께 있다. 우린 사진을 찍으러 모였다.
우리 뒤로, 애틀랜타의 스카이라인이
사진사의 배경에 가려져 있다—
푸른 풀 무성한 목초지 가득 음매 우는 부드러운 눈망울의 소들
그 소리는 이렇게 들린다, *아니요, 아니요. 네,*
내가 받은 버번 잔에다 대고 나는 말을 한다.
지금 우리는 줄을 서고 있다—로버트 펜 워런,
웅웅거리는 불도저 소리 위로 가까스로 들리는 그의
목소리가, 우리에게 어디에 서라고 말하고.
'인종(race)'이라 말해보세요, 사진사가 노래한다. 플래시가
우리를 얼게 할 때, 나는 다시 검은 얼굴로 변한다.
내 아버지는 백인이고, 내가 그들에게 말한다, *시골 사람입니다.*
남부를 증오하지 않나요? 그들은 묻는다. *증오하지 않나요?*²²

혼혈로 태어나는 것

1965년에 나의 부모님은 미시시피의 두 가지 법을 어겼다;
그들은 결혼하려고 오하이오로 갔다가, 미시시피로 돌아왔다.

그들은 강을 건너 신시내티로 들어갔다, 이름이
죄악(sin)과 같은 소리로 시작하는 도시, 틀린 소리 — 미시시피
에서 미스처럼.

1년 후 그들은 캐나다로 이주했고, 노예들과 같은 길을
따라갔다, 기차는 미시시피를 떠나 겨울의 하얀 광택을 저미며
갔다.

포크너의 조 크리스마스는, 예수처럼, 겨울에 태어났다, 고아원에
남겨진 날짜를 딴 이름을 얻었다, 미시시피에서 그의 인종은 미
지의 것.

내 이름을 지어주었을 때 내 아버지는 《전쟁과 평화》를 읽고 있
었다.
나는 1966년, 미시시피에서 부활절 언저리에 태어났다.

내가 서른셋이 되었을 때, 아버지는 말했다. *너의 예수님의 해다*
—예수님

돌아가셨을 때와 똑같은 나이가 되었구나. 봄이었다, 미시시피
의 언덕들은 초록.

나는 조 크리스마스보다 많이 안다. 나타샤는 러시아 이름이
다—
　내가 러시아 사람은 아니지만; 크리스마스 아이라는 뜻, 미시시
피에서조차도.

어머니는 다른 나라를 꿈꾼다

이미 단어들이 바뀌고 있다. 그녀는 변하고 있다
　　유색인종에서 깜둥이로, 흑인은 아직 몇 년 뒤의 일.
1966년이다 ─ 그녀는 백인과 결혼했다 ─
　　그녀 안에서 자라나는 것에 대해 더 많은 이름들이 있다.
아기 이름 책을 뒤적뒤적하는 동안에
　　잡종(mongrel)과 같은 단어들에 대해서
노새들(mules)과 물라토들(mulattoes)의 불임에 대해 걱정하는
걸로 충분하다.
　　그녀는 집에 와서 여러 달 기다렸다,
그녀가 떠난 이후로 그녀 방은 하나도 변하지 않았다:
　　인형들이 선반에서 눈을 깜박이고 있고 ─ 인형들은 모두
하얗다. 날마다 미신을 행하는 의식이 그녀 옆에 있고,
　　그녀가 이걸 위해서 배울 이름 역시 또 있다:
모성 각인[23] ─ 잘 모르는 나라처럼, 금방 태어난 아가의
　　허벅지 뒤에 자국으로 남는, 그 모양.
지금은, 여자들이 그녀에게 머리를 맑게 하고, 손을 안정시키라
　　말한다 아니면 아이의 머리칼을 회색으로 물들이게 될 거라고
그녀가 자기 걱정을 너무 해서, 너무 많이 갈망하는 무언가의
　　윤곽을 어딘가에 새기게 될 거라고. 그들은 그녀에게 말한다
흙을 먹어서 갈망을 가라앉히라고. 온 봄 내
　　그녀는 손가락 얼얼해지도록 손을 깔고 앉았다. 당분간은

매일, 그녀는 자기가 만지는 건 어떤 것도 느낄 수 없다: 뒤쪽의
　　정자―녹색이 뒤엉켜 있는 풍경; 그녀 자신이 부풀어
오른 그 두더지 언덕. 여기―도시 경계선 밖에서―
　　차들은 속도를 내고, 차 지나간 자리엔 붉은 먼지구름.
그녀는 그걸 들이마신다―*미시시피*―그러곤 잠 속으로 떠간다,
　　한 번도 가보지 못한 어떤 곳을 생각하며. 늦은 시각에,
미시시피는 그녀 방의 창문 위로 다가오는
　　검은 배경이다. 구석에 있는 TV에서,
정규 방송은 야간 인사를 내보내면서 송신을 마친다:
　　흔들리는 성조기, 우리의 국가(國歌).

남부의 역사

전쟁 전에 그들은 행복했다, 그가 말했다,
우리 교과서를 인용하면서. (졸업반 대상

역사 수업이었다.) 노예들은 주인의 보살핌 아래
더 잘 입고, 더 잘 먹고, 더 나은 삶을 살았다.

나는 페이지의 흐릿한 글자들을 바라보았다. 아무도
손 들지 않았다, 아무도 반대하지 않았다. 나조차도.

진도가 늦었다; 시험 전에 배워야 할 분량이,
우린 아직 재건 시대도 공부 못 했고, 또—다행히도—

〈바람과 함께 사라지다〉를 보는 세 시간 수업이 있었다.
옛 남부의, 선생님이 말했다, 역사야—

그때 그 시절 어땠는지를 진실되게 잘 보여주지.
화면에는 노예가 하나 서 있었다 실물처럼: 커다란 입,

둥그렇게 뜬 충혈된 눈, 우리 교과서의 씩 웃는 증거—우리 선생님이
수호했던 거짓말. 조용히 침묵하며, 나도 그렇게 했다.

블론드

분명히 그건 가능했다―내 부모님 유전자
어딘가에 있는 열성적인 특성이
내게 다른 외모를 주었을는지도 모르기에:
달라붙지 않은 귓불이나 아버지의 초록색 눈,
다른 머리 색깔―신사들이 선호하는,
더 재미있는 금발로. 선탠 멋지게 한 것 같은
내 피부색으로―부모님이 반반씩 섞여―
나는 백인으로 통할 수도 있었을 거다.

크리스마스 날 일어나서, 금발 가발에다
스팽글로 장식한 분홍 튀튀에, 나만큼이나
키가 큰 금발 발레리나 인형을 발견했을 때,
나는 갈색 버전이 있었냐고 물어봐야 하는지도 몰랐지,
그게 중요하지도 않았고. 이건 우리 할머니가
검은 아기를 우리 아기 침대에 따뜻이 눕히기
몇 년 전 일이었지, 그게 미시시피의 어린 시절
입문서라고 내가 이해하기 몇 년 전 일이었지.

대신에 나는 우리 거실을 우당탕 뛰어다녔지
빙빙 도는 가능성으로, 갑자기 이상해진 아이를
우리 부모님은 보고 있고. 엄마가 찍은

사진 속에서, 내 아버지는ᅳ거의 사진 밖으로
나갈 것 같은데ᅳ요셉이 경이로운 예수님 탄생을
보는 것처럼 바라보고 있다: 나는 맨 앞에 있다ᅳ
내 금발 가발은 빛나는 후광으로 나풀나풀, 갓 태어난
그런 모습으로, 아마도 전혀 가능하지 않은
확률로 태어난 그런 아이처럼.

남부의 고딕

침대에 나 누웠다, 1970년에, 그 침대를
내 부모님은 앞으로 몇 년만 더 함께 쓸 것이다.

이른 저녁, 둘은 아직 서로에게서 돌아눕지 않았다
잠 속에서, 그들의 몸은 둥글게 구부러진다 ― 그들이
깨어나 발견하게 될 별개의 삶을 규정하는 괄호 같다. 꿈을 꾸며,
나는 다시 아이가 된다, 너무 많은 질문을 하는 아이 ―
끝도 없이 *왜* 그리고 *왜* 그리고 *왜*
엄마가 대답할 수 없는 질문들, 엄마는 입을 다문다,
자기 미래를 향한 엄마의 몸짓: 차가운 입술을 꼭 다무는 것.
내 젊은 아버지의 얼굴 주름은 깊어진다, 어떤
비통의 표정을 향해서. 나는 학교 운동장에서 막 집으로
왔다, 이 작은 남부 마을에서 우리 위에 그늘을
드리우는 단어들과 함께 ― *딱따구리와 깜둥이*
애인, 잡종, 또 얼룩말 ― 우리 밖에서 모양을 갖추는
단어들. 침대의 작은 섬에 우리는 옹기종기 모여, 조용하다
피의 언어 속에서: 집은, 툭 튀어나온 시멘트 블록 더미 위에서
불안정하고, 조상의 진창 속으로 더 깊이
가라앉는다. 기름 램프가 우리 주변에서
깜박거리고 ― 우리 그림자들은, 벽에 검은 상형문자로
어른거린다, 우리보다 더 크고 더 이상하게.

사건

우리는 해마다 그 이야기를 한다—
창문으로 우리가 어떻게 내다봤는지, 블라인드 드리우고—
정말로 아무 일도 일어나지 않았지만,
검게 그을린 풀들은 이제 다시 푸르다.

우리는 창문으로 내다보았다, 블라인드 드리우고,
크리스마스트리처럼 고정된 그 십자가를,
그을린 풀들은 여전히 푸르다. 이윽고
우리는 우리 방들을 어둡게 했다, 허리케인 램프를 켰다.

크리스마스트리처럼 고정된 그 십자가에
몇몇 사람들이 모여 있다, 가운을 입은 천사와 같이 하얀 백인들.
우리는 우리 방들을 어둡게 했고 허리케인 램프를 켰다,
심지들이 기름 담긴 주발 속에서 깜박거린다.

천사들이 모인 것 같았다, 가운을 입은 백인들이다.
일이 끝나자, 그들은 조용히 떠났다. 아무도 오지 않았다.
밤새도록 심지들이 기름 담긴 주발 속에서 깜박거렸다;
아침이 오자 불길은 전부 희미해졌다.

일이 끝나자, 남자들은 조용히 떠났다. 아무도 오지 않았다.

정말로 아무 일도 일어나지 않았다.
아침이 오자 모든 불길이 희미해졌다.
우리는 해마다 그 이야기를 한다.

섭리

남는 것은 장면이다: 1969년 카밀
　몇 시간 전―허리케인
　　군단, 바람 속에
기울어버린 야자수,
　잎사귀는 바람에 날려,

여자 머리 같다. 그 후엔:
　텅 빈 공터들,
　해안으로 밀려온 배들, 늪

무덤들이 있던 곳. 나는 기억한다

우리가 밤새도록 작은 집에 어떻게 웅크리고 있었는지,
　이 방 저 방 옮겨 다니며,
　　빗물 가득한 단지들 비우면서.

다음 날, 우리 집은―
　시멘트 블록 위에서―침수된 마당에서

둥둥 떠다니는 것 같았어: 우리 밑에

아무 토대도 없고, 우리를 땅에
　　묶어주는 것은　　　하나도 안 보이고.
　　물속에 비치는 우리 모습은
　　　　　　　　떨고 있다가,
내가 만지려고 몸을 굽히자
사라졌다.

기념비

오늘 개미들이 바쁘다
　　현관 앞 계단 옆에서, 만들고
있는 언덕 안팎을 들락날락하면서.
　　개미들이 모습을 드러내고—

내가 잊어버리고 있던 모든 것처럼—
　　저 아래 지하 동굴로 사라지는 걸 본다—이산
으로 만들어지는 세계. 지난 유월,
　　그 묘지에서, 나는 빙빙 돌았다, 길을 잃은 채—

잡초와 풀이 사방으로 무성히 돋아나 있고—
　　흔들흔들 흐릿해진 그 풍경.
엄마 무덤에서, 개미들이 행렬을 지어
　　들락날락 동맥 같았다, 작은 언덕 하나

돌보지 않은 엄마의 터 위로 솟아올라 있다. 조금씩
　　조금씩, 붉은 흙이 쌓였다가, 흩어진다
풀 위에 돋은 발진같이; 오래도록 나는 지켜보았다
　　그토록 굳건한 개미들의 작업을,

개미들이 흙을 어떻게 가지고 왔는지

엄마도 그 흙의 일부인데,
그걸 내 앞에 어떻게 쌓아두는지. 내가 개미들을
    시샘하지 않으려 애썼다고 해도 틀린 말 아니다

개미들의 그 부지런함, 내가 하지 않았던 것을
    이토록 생각하게 하는 것을. 지금도,
그 언덕은 내 심장의 어떤 물집 같아서,
    붉게 웅웅거리며 복닥댄다.

네이티브 가드를 위한 비가

이제 그들 피의 짠맛이
바다의 더 짠 망각을 더욱 단단하게 하니…….
—앨런 테이트[24]

우리는 정오에 걸프포트를 떠난다; 머리 위로 갈매기들이
배를 따라오고 — 색 테이프들, 시끌시끌한 팡파르 —
십아일랜드로 가는 길 내내 그렇다. 우리가 우선
보는 것은, 풀로 된 지붕이다, 요새다, 바람이 닿지 않는 곳이다 —
거기서 복무한 남자들을 반쯤 생각나게 하는 것 —
망자들 일부를 기념하는 낡은 기념물이다.

관리인을 따라 우리는 안으로 들어간다, 해변에
곧 도착할 테지만 우리는 좀 서둘렀다. 관리인은
멕시코만에서 분실된 무덤들이 제법 있다고 말해준다,
허리케인 카밀이 덮쳤을 때 섬이 두 동강 났다고, 이어서
보여준다, 포대들, 대포들, 기념품 파는 가게,
오래전에 묻혀버린 역사의 징표들을.

남부 연합의 딸들이
여기 요새 입구에, 명판을 하나 놓았다 —
남군 병사들의 이름이 청동에 하나하나 높이
새겨져 있다; 네이티브 가드를 위해 새겨진 이름은 없다 —
2연대, 북군 병사들, 모여 있는 흑인 병사들.
그들의 유산을 기념하는 것은 무엇인가?

모든 묘지 표석들, 조잡한 모든 묘비들―

다 물에 씻겨 갔다. 이제 그들의 뼈 사이를 물고기들이 돌진한다,

그리고 우리는 파도들이 어떤 소리를 내는지 듣는다.

요새만이 남아 있다, 거의 12미터 높이다,

둥글고, 미완성에다, 하늘 향해 반쯤 열려 있다,

악천후―비와 바람―는 하느님의 찬찬한 눈.

남부

호모사피엔스는 심리적인 유배로
고통받는 유일한 종이다.
　　—E. O. 윌슨[25]

소나무 숲으로 나는 돌아갔는데,
　　뼈만 앙상한 무리가

길가에 서 있다, 얽혀서
　　밑에 자라 있는 식물들—빛과

어둠의 변증법—그리고 목련이 피어 있다
　　나중 생각처럼: 꽃은 저마다

항복이다, 하얀 깃발이
　　가지들 사이에 드리워져 있다. 나는

육지의 끝으로 돌아왔다, 해안은 낫으로 잘린 듯
　　깔끔한 윤곽으로 모래 속에 묻혀 있다:

맹그로브, 살아 있는 참나무, 모자반은
　　파괴되어 가는 야자나무로 대체되었다—

팰머토 야자나무들—승리의 상징들,
　　혹은 반항의, 다시 또다시

이 점령된 땅에 표시를 한다. 나는 돌아왔다
　　목화 벌판으로, 신성한 땅으로—

노예 설화에 따르면—목화 꼬투리 하나마다
　　여러 세대의 유령들이 깃들어 있다:

산더미 같은 포대들의 무게와 일렬로 늘어선
　　그 열들의 길이로 자신의 날들을

재는 사람들, 그들의 땀이 목화에 얼룩져 있고
　　아직도 우리 옷에 꿰매져 있다.

나는 시골 전쟁터로 돌아왔다
　　거기에서 흑인 군대가 싸우고 전사했다—

허드슨항에서 흑인 병사들의 시체가 부풀어 올라
　　태양 아래 시커멓게 되었다—묻히지도 못하고

대지의 초록 시트가 그들을 덮어줄 때까지,
　　어떤 묘비로도 표시가 되지 않았다.

길들도, 빌딩들과 기념비들도 다
　　남부 연합을 기리기 위해 이름 붙여진 곳,

그 오래된 깃발이 아직도 걸려 있는 곳, 나는 돌아온다
　　미시시피로, 내 존재를 범죄로 만들어준

주(州)로—물라토, 혼혈—내 원래의 땅에서
　　내가 네이티브인데, 이곳에 그들은 나를 묻을 것이다.

주해

1　"Meditation on Form and Measure" in *Black Zodiac* by Charles Wright, New York: Farrar, Straus and Giroux, 1997.

2　치마를 불룩하게 보이게 하려고 안에 입던 틀을 말한다.(옮긴이)

3　방이 일자로 연결된 좁다란 직사각형 모양의 집으로, 남북전쟁 후 1920년대까지 미국 남부의 가장 흔한 서민용 주택이었다.(옮긴이)

4　1891년 운행을 시작한 미국 동부의 장거리 열차로 오늘날 암트랙(Amtrak)으로 불린다. 뉴욕에서 뉴올리언스까지 2200킬로미터를 매일 운행했다. 지금 그 노선은 중단된 상태다.(옮긴이)

5　"To Daffadils" by Robert Herrick(1591~1674).

6　원문의 'communion'은 교감이란 뜻 외에 기독교 예배에서 하는 성찬식, 영성체를 의미하기도 한다.(옮긴이)

7　에레보스는 그리스신화에서 태초부터 있던 고대 신들 중 하나이며, 땅과 하데스 사이의 암흑세계를 뜻하기도 한다. 사람이 죽으면 저승으로 가는데, 타나토스라는 저승사자가 죽은 이의 영혼을 인도해 여행을 떠난다. 하데스가 자신이 관장하는 지하세계를 두 부분으로 나누어서 죽은 자들이 맨 처음 도착하여 지나는 곳을 에레보스라 하였다. 에레보스에는 다섯 개의 강, 아케론(슬픔의 강), 코키토스(비탄의 강), 플레게톤(불의 강), 스틱스(증오의 강), 레테(망각의 강)가 있다. 또 이 신화는 죽은 아내 에우리디케를 찾아 저승으로 간 오르페우스의 이야기와도 연관된다. 에우리디케가 풀려날 때 한 가지 조건이 있었는데 지상에 나갈 때까지 절대 뒤를 돌아보면 안 된다는 것이었다. 오르페우스는 앞서서 나가다가 지상의 빛이 보이자 도착했다고 생각하여 에우리디케를 돌아보았고, 아직 덜 빠져나왔던 에우리디케는 그대로 다시 지하로 빨려 들어가버린다. 이때 한쪽 발은 지상, 다른 한쪽 발은 명계에 있었다. 오르페우스가 아내를 다시 찾고자 했으나 뱃사공 카론은 그를 다시 배에 태워주지 않았다고 한다.(옮긴이)

8　"Mississippi Goddamn" on *In Concert* by Nina Simone. Verve Records, 1964.

9　야주강은 미시시피주 북부에서 서남쪽으로 흘러 미시시피강으로 들어가는 300킬로미터 정도 길이의 강이다. 남북전쟁 이전에 목화 농장을 위해 개척한 넓은 범람원인 미시시피 삼각주의 남쪽 경계를 이룬다.(옮긴이)

10　*My Cave Life in Vicksburg* by Mary Webster Loughborough. New York, 1864.

11　루이지애나 네이티브 가드 1연대는 1862년 9월, 10월, 11월에 소집되었다. 1연대는 북부 연방 군대에서 최초의 공식적인 흑인 병사 연대로 인정되었다. 이어서

2연대, 3연대가 소집 불과 몇 달 전에 노예였던 병사들로만 구성되었다. 전쟁 중, 미시시피주 쉽아일랜드에 있는 요새는 포트매사추세츠로 불렸는데, 남부 연합 병사들의 감옥으로 유지되었다. 수감자들은 주로 전쟁 포로들과 군 재소자들이었고 2연대가 관리했다. 2연대 지휘관 중 프랜시스 E. 뒤마는 백인 크리올 아버지와 물라토 어머니 사이에서 태어났는데, 그는 아버지가 죽을 때 노예들을 물려받았다. 루이지애나주 법으로 뒤마가 이 노예들을 풀어주는 건 금지된 일이었지만, 북군에 입대하면서 뒤마는 노예들을 풀어주었고 또 성인 노예들은 네이티브 가드에 합류하도록 권유했다. *The Louisiana Native Guards: The Black Military Experience During the Civil War* by James G. Hollandsworth. Baton Rouge: Louisiana State University Press, 1995.

12 "Address at the Grave of the Unknown Dead" by Frederick Douglass, Arlington, Virginia, May 30, 1871, in *Race and Reunion: The Civil War in American Memory* by David Blight. Cambridge, Mass.: Belknap Press, 2001.

13 어센션 패리시(Ascension Parish)는 루이지애나주의 카운티 이름으로 '그리스도 승천 교구'라는 의미다.(옮긴이)

14 북군의 배 북극성은 1863년 1월 12일 루이지애나 네이티브 가드 2연대 일곱 개 중대 병사들을 쉽아일랜드에 있는 포트매사추세츠로 이송했다. "나는 멕시코만 / 위를 살펴볼 수 있고, 파도가 부서지며 배를 요동치게 / 하는 걸 볼 수 있다, 물 위에서 그 대단한 군함이 / 까닥까닥한다. 우리는 같지 않은가, / 주인의 손안과 운명의 손안에 있는 노예들?"은 다음 책에서 살짝 변형하여 빌려왔다. *Thank God My Regiment an African One: The Civil War Diary of Colonel Nathan W. Daniels* edited by C. P. Weaver. Baton Rouge: Louisiana State University Press, 1998.

15 1863년 4월 9일, 180명의 흑인 사병들과 그들의 장교들은 본토로 가서 미시시피주 패스커굴라 근처에서 남군을 만났다. 교전 후에, 남군에 비해 수적으로 열세했던 흑인 부대는 후퇴를 하고 있었고, 포함(砲艦) 잭슨호에 타고 있던 백인 북군이 다가오는 남군이 아니라 이 북군 흑인 병사들을 향해 포격을 가했다. 흑인 병사들 몇이 죽거나 다쳤다. "불행한 사건이야"와 "그들의 이름이 역사의 한 페이지를 장식하게 될 거야" 또한 다음 책에서 가져왔다. *Thank God My Regiment an African One: The Civil War Diary of Colonel Nathan W. Daniels.*

16 1863년 5월 허드슨항 전투 중에, 너새니얼 P. 뱅크스 장군은 부상당한 북군 병사들의 소재를 파악하고 죽은 병사들을 매장하고자 휴전을 요청했다. 그런데 그의 군대는 네이티브 가드가 싸웠던 지역은 생각하지도 않고 그 병사들은 그냥 방치했다. 남군 지휘관 셸비 대령이 전선에서 썩어가는 시신들을 묻고자 요청했는데, 뱅크스 장군은 거절했다. 그 지역엔 자기네 사망자가 없다고 말하면서. *The Louisiana Native Guards: The Black Military Experience During the Civil War.*

17 1864년 4월, 남군은 멤피스에서 북쪽으로 80킬로미터 떨어진 북군 주둔지인 포트 필로를 공격했다. 주간지 〈모바일 애드버타이저 앤드 레지스터(Mobile Advertiser and Register)〉에 파견된 한 통신원의 보고에 따르면, 포트필로를 점령한 후에 남군은 북군 흑인 부대 몇몇 병사들의 항복 요청을 묵살하고 '무차별 학살'을 가했다. 알려진 바로는 네이션 베드퍼드 포러스트 대령이 북군 흑인 부대들에 대해 "개 같이 죽여버려"라고 명령을 내렸다고 한다. "The Fort Pillow Massacre: Assessing the Evidence" by John Cimprich, in *Black Soldiers in Blue: African-American Troops in the Civil War Era* edited by John David Smith. Chapel Hill: University of North Carolina Press, 2002.

18 게티즈버그 전투 이후에 무덤을 너무 급하고 얕게 파는 바람에 떠돌이 개들과 야생 돼지들이 무덤을 파 시체를 먹었다고 한다.(옮긴이)

19 *The Veteran in a New Field* by Winslow Homer, 1865.

20 *They Who Fought Here* by Bell Irvin Wiley and Horst D. Milhollen. New York: Macmillan, 1959.

21 '도망자 시인들(The Fugitive Poets)'은 테네시주 내슈빌에 있는 밴더빌트대학교를 중심으로 한 시인 모임으로 남부의 경험을 살린 시를 썼다.(옮긴이)

22 마지막 행은 윌리엄 포크너의 《압살롬, 압살롬!》 속 인물 퀜틴 콤프슨이 소설 마지막에 하는 말 "난 남부를 증오하지 않아. 증오하지 않아"를 살짝 바꾼 것이다.

23 임신 중 어머니의 마음에 작용하는 강력한 인상이 태아에게 영향을 줄 수 있다는 믿음에 근거하여 선천적 장애와 질환을 설명하는 이론이다. 어머니의 인상이 태아에게 자국으로 남는다고 설명한다. 우리말 의학 용어로는 '모체영향'으로 통용되나 원어 'maternal impression'에 가깝게 옮겼다.(옮긴이)

24 "Ode to the Confederate Dead" by Allen Tate, 1937.

25 *Consilience: The Unity of Knowledge* by E. O. Wilson. New York: Knopf, 1998.

감사의 글

이 시들을 처음 실었던 다음 저널의 편집자들에게 감사한다.

〈아그니(Agni)〉: '몸이 말할 수 있는 것' '글자'

〈애틀랜타 리뷰(The Atlanta Review)〉: '블론드' '네이티브 가드를 위한 비가'

〈캘럴루(Callaloo)〉: '네이티브 가드' '증거란 무엇인가'

〈크래브오처드 리뷰(Crab Orchard Review)〉: '다시, 그 들판' '남부의 고딕'

〈조지아 리뷰(The Georgia Review)〉: '어머니는 다른 나라를 꿈꾼다'

〈그린즈버러 리뷰(The Greensboro Review)〉: '목가'('남부의 목가'란 제목으로) '기념비' '남부의 역사'

〈케니언 리뷰(The Kenyon Review)〉: '혼혈로 태어나는 것' '사진: 1971년 눈 폭풍'

〈뉴잉글랜드 리뷰(New England Review)〉: '해 질 녘에' '당신 죽음 후에' '남부의 초승달' '나르시서스속(屬)' '신화'

〈PMS: 시 회고록 단편(Poem Memoir Story)〉: '묘지 블루스'

〈셰넌도어(Shenandoah)〉: '남부'

〈스마티시 페이스(Smartish Pace)〉: '시간과 공간에 관한 이론들' '섭리'

〈버지니아 계간 리뷰(Virginia Quarterly Review)〉: '사건' '다큐멘터리의 장면들 미시시피의 역사' '순례'

'당신 죽음 후에'는 다음 책에도 실렸다. *The Best American Poetry 2003*, edited by Yusef Komunyakaa and David Lehman, published by Scribner, 2003.

또 이 시집이 나오기까지 지원을 아끼지 않은 에머리대학교와 대학연구위원회, 존 사이먼 구겐하임 기념재단과 록펠러 재단 벨레지오 연구 및 콘퍼런스 센터에도 감사드린다.

옮긴이의 말

증언과 애도:
역사를 발굴하는 시의 힘

정은귀

폭력 이후

나타샤 트레스웨이는 이 시집 《네이티브 가드》로 2007년에 풀
리처상을 수상한 아프리카계 미국 시인이다. 그를 아프리카계 미
국 시인이라고 칭하는 것은 실은 온당치 못한 호명이다. 반은 백인
의 피를 물려받았으니까. 하지만 핏줄에 검은 피 한 방울이라도 섞
여 있으면 흑인으로 호명되는 미국 사회에서, 백인 어머니를 둔 오
바마 전 대통령을 흑인 대통령이라고 칭하는 미국 사회에서, 백인
아버지와 흑인 어머니 사이에서 태어난 혼혈 나타샤 트레스웨이는
공적으로 아프리카계 미국 시인으로 분류된다. 인종 문제가 미국
의 역사에서 차지하는 크나큰 무게를 생각해볼 때, 또 시인의 작품
전반에 깔려 있는 인종 문제를 둘러싼 미국 역사에 대한 부채 의식
을 생각해볼 때도, 이를 먼저 짚고 넘어가는 것이 중요하다 싶다.
　1966년 미시시피주 걸프포트에서 태어난 나타샤 트레스웨이
는 조지아대학에서 영문학을 전공하고 홀린스대학, 매사추세츠대

학에서 문예창작으로 석사 학위를 받았다. 하버드대학 래드클리프 연구소 특별 연구원, 에머리대학 영문과 교수를 거쳐 현재 노스웨스턴대학 교수로 재직 중이다. 2000년에 첫 시집《가사 노동(Domestic Work)》을 발표한 나타샤 트레스웨이는 2002년《벨로크의 오필리아(Bellocq's Ophelia)》에 이어서 2006년에《네이티브 가드》를 냈다. 2010년에는 산문집《카트리나 너머(Beyond Katrina: A Meditation on the Mississippi Gulf Coast)》를, 2012년 다시 시집《속박(Thrall)》을, 2018년에는 그간 나온 시들을 선별하여 한데 묶은 시선집《기념비(Monument: Poems New and Selected)》를 냈다. 2020년에는 비명에 간 어머니에 대한 기록을 아프게 반추하는 회상록《메모리얼 드라이브(Memorial Drive)》를 냈다. 나타샤 트레스웨이는 릴리언 스미스 문학상, 미시시피 예술원상, 마거릿 워커상, 리처드 라이트 문학상, 2007년 퓰리처상 등 시인으로서 영예로운 상을 많이 수상했다. 2012년부터 2014년까지 19대 미국 계관시인을 지냈으며 2017년에는 하인즈 예술 인문학상을 수상했고 2020년에는 그간의 업적을 전반적으로 기려서 미 의회가 주는 리베카 존슨 보빗상을 받았다. 우리가 잘 모르는 상을 열거하는 것이 역자로서 시인을 충실하게 소개하는 것 이상의 큰 의미가 없을지도 모르지만 시인이 더듬어온 문학적 성취를 얼추 가늠해볼 수 있겠다 싶다.

이 시집을 번역하면서 역자는 나타샤 트레스웨이의 회상록《메모리얼 드라이브》를 동시에 읽고 있었다. 너무 고통스러워 떠올리기 힘든 어머니의 죽음을 긴 시간이 지난 후에 찬찬히 회고하는 그 책은 이 시집과 함께 읽기에 안성맞춤이다. 상실에 대한 애도는 어떻게 글이 되어 나올 수 있는가? 산문과 시라는 서로 다른 미학적 형식을 통해 우리가 직면하기 힘든 엄청난 고통을 다루는 방식 간의 차이를 비교하면서 이 세계에 드리운 폭력의 성격, 쓰기의 일에 대해 깊이 생각해볼 수 있다. 나타샤 트레스웨이가 다루는 폭력과 상실에는 개인적 층위의 것과 국가적 층위의 것이 겹쳐진다. 살면서 누구나 크고 작은 상실의 고통을 통과하기 마련이지만, 그 상실이 범죄나 전쟁 등으로 인해 불가피하게 닥쳐온 비극일 때 이를 해석하는 데는 시간이 필요하다. 이 글을 쓰고 있는 지금도 도처에 죽음이 깔려 있다. 미국에서는 해마다 총기 사건으로 많은 이들이 목숨을 잃는다. 얼마 전에는 내가 유학 시절 공부하던 도시 버펄로의 한 슈퍼마켓에서 총기 난사 사건이 있었다. 우리를 옥죄는 폭력은 최근 들어 지구를 강타한 팬데믹 이후 개인들이 고립된 생활을 하면서 더 다양한 방식으로 발현되고 있는데, 인간의 손에 의해 끝없이 가해지는 이 폭력들은 실은 먼 과거부터 늘 있어왔던 우리 삶의 한 부분이다. 문제는 이 폭력에 압도되지 않고 이를 헤쳐나가려면 어떤 방식으로든 해석하고 기록해야 한다는 것. 나타샤 트레스웨이가 산문과 시를 통해 대면하는 작업은 바로 이 질문에 답하는 것이다. 언제나 있었고 지금도 늘 우리 곁에 있고 앞으로도 계속 있을 그 폭력, 그 수많은 죽음들, 억울하고 불가피하고 운명적인 그 죽음들을 어떻게 기입할 것인가. 그것이 폭력 이후를 상상할 수 있게 한다.

《네이티브 가드》에서는 어머니가 당한, 그래서 딸로 하여금 상실을 감당하게 한 개인적 층위의 폭력과 남북전쟁(1861~1865)을 지나며 흑인 병사들에게 가해진 국가적 층위의 폭력이 서로 교차

되어 드러난다. 우리가 아는 폭력은 실로 여러 얼굴을 하고 온다. 가부장제의 얼굴을 하고 보호라는 이름으로, 다정하고 절실한 사랑이라는 이름으로 온다. 국가가 국민을 대상으로, 법의 이름으로 매우 당당하게 끔찍한 폭력을 저지르는 경우도 많다. 다만 눈에 띄게 드러나지 않기에 우리는 오늘도 국가라는 틀 안에서 안전하다고 믿고 산다. 폭력을 저지른 이들이 법의 이름으로 심판받기도 하지만, 아무런 제재를 받지 않고, 그래서 더욱 당당한, 반성을 모르는 폭력도 많다. 역사의 깊은 틈에 빠져 보이지 않는 폭력의 고리들. 시인에게 시를 쓰는 일은 보이지 않는 역사의 협곡 속에서, 폭력 속에서, 악, 소리도 제대로 내지 못하고 죽어간 이들의 바스러지고 삭은 뼈를 다시 간추리는 작업이다.

기억이라는 묘지

시집은 찰스 라이트의 시 한 구절을 인용하면서 시작된다. "기억은 어떤 묘지 / 나 한두 번 방문한 적 있어." 바로 이어지는 이 시집의 서시 '시간과 공간에 관한 이론들'은 독자를 그 기억의 묘지에 초대하는 길을 보여준다. 미시시피 49번 고속도로를 타고 가면 도착하는 곳. 두꺼운 기억의 책에 비어 있는 페이지들을 채우려 시인은 십아일랜드행 배를 탄다. 미시시피는 시인에게 어떤 의미가 있는가? 시인은 1966년 미시시피주에서 태어났다. 흑인과 백인의 결혼이 미시시피주에서 여전히 불법이던 시절, 시인은 백인 아버지와 흑인 어머니의 열렬한 사랑의 결합으로 태어났다. 그러나 영문학을 공부하는 무모한 이상주의자 아버지와 예쁘고 찬찬한 흑인 어머니의 결혼 생활은 오래가지 못한다. 시인이 여섯 살일 때 두 사람은 이혼을 하고, 어머니는 재혼을 하여 그 새 남편에게서 아들을 낳는다. 하지만 그 결혼은 남편의 폭력으로 인해 금세 비극으로 치닫는다. 그 비극의 절정이 나타샤의 어머니 궨(Gwendolyn Ann Turnbough, 줄여서 Gwen이라 부른다)의 죽음이다. 1985년 6월 5일의 일. 나타샤 트레스웨이의 나이 열아홉 살 때였다.

사랑을 미끼로 끝없는 구속과 반복적인 폭력과 학대를 일삼던 나타샤의 의붓아버지 빅 조, 조엘(Joel)은 자신과의 이혼을 차곡차곡 준비하고 있던 아내에게 복수를 하려고 한다. 가장 잔인한 복수가 딸을 죽이는 일이겠기에, 조엘은 나타샤 트레스웨이를 죽이려고 학교에 찾아간다. 그런데 때마침 치어리더 연습을 하던 나타샤는 엄청난 불안감에도 아버지를 향해서 웃어준다. 그래서 조엘은 마음이 약해져 나타샤를 죽이려는 생각을 거두고 후에 의붓딸 대신 아내를 죽인다. 그러니 나타샤에게 엄마의 죽음은 자신을 대신한 죽음이었던 셈. 어떤 말로도 치유가 쉽지 않을 이 사건을 멀리서 또 가까이서 응시하는 이 시집은 참혹하고 비극적인 개인의 일을 미국 남부 흑인의 역사와 함께 엮는다. 시인에게 개인의 비극은 공적인 역사와 떨어질 수 없는 것이기 때문이다.

사적 경험과 공적 역사를 한데 묶기 위해서 시인은 기억이라는 묘지를 방문한다. 이때 기억은 망각까지도 포함하는 개념으로, 시인이 떨치고 벗으려고 아무리 애를 써도 도무지 극복 불가능한 어떤 강박적인 것이다. 개인의 역사, 가족의 역사, 민족의 역사, 국가의 역사 등 모든 차원의 역사는 말해진 것과 기록된 것을 통해서 그 의미가 전해지지만, 우리가 배우고 아는 역사 속에는 말해지지 않은 것, 지워진 것, 가려진 것들의 아우성, 빈자리, 구멍들이 실로 무성하다. 많은 사건들, 목소리들, 진실들이 지워진다. 그 지워짐은 말을 하고 조사하고 기록하는 위치에 있는 권력에 의해서 의도적으로 이루어지기도 하고, 살아남아서 기록해야 할 의무를 가진 자들이 살아남지 못해서, 또는 목소리를 잃어서 자연적으로 이루어지기도 한다. 하지만 그 망실 또한 부재의 형식으로나마 역사 속에 숨어서 어떤 틈, 즉 주름을 만든다. 공적인 역사가 기록하지 못한 그 틈, 부재의 형식을 시인은 시로, 잉크로 새로이 적고자 한다. 말하자면, 그의 시는 지워진 것들을 찾아내서 보여주는 발굴 현장의 어떤 세심한 붓질 작업과 통한다.

《네이티브 가드》에서 시인이 독자들의 눈을 미시시피 49번 고속도로를 타고 십아일랜드로 인도하는 작업은 그 발굴 현장으로 향하는 여정에 독자를 초대하는 일이다. 거기엔 역사에 기록되지 못한 흑인 병사들의 기념비 없는 죽음이 있고, 참혹하게 죽은 시인의 엄마가 있다. 그 길은 어머니를 만나러 가는 길이고, 어머니를 통해서 남부의 역사를 새로 쓰는 작업이다. 한때 집을 떠나면서 희망에 부풀었던 엄마. '남부의 초승달'에서 젊은 날 희망을 품고 집을 떠나는 엄마의 여행 가방은 어린 소녀의 레이스 치마로 부풀어 올라 있다. 어둠의 땅 미시시피를 떠나 자유의 땅 서부로 가는 길. 캘리포니아를 되뇌던 그 희망에 찬 여행은 결국 기차의 탈선처럼 무참한 실패로 기록된다. 시인은 젊은 날 엄마가 소녀로 떠난 여행길, 또 엄마로서 자신과 함께 떠난 여정을 모두 되짚어 한 소녀의 꿈과 행복, 사랑과 별리, 독립과 죽음까지 적고 있다. 남부의 초승달이 지켜본 한 여인의 인생, 한 여인의 죽음이다.

참혹한 죽음은 남은 자에게는 필연적으로 강박적인 망각을 심어준다. 실제로 어머니의 죽음 이후에 시인은 오랜 시간 어머니와의 추억을 누르고 또 누른다. 어떤 말로도 어머니의 비극적인 죽음을 기록할 방법이 없어서 시인은 길을 잃은 것처럼 떠돈다. '묘지 블루스'에서 "나는 지금 망자들의 이름 사이를 헤맨다"라고 고백하는 장면, 비가 추적추적 내리는 장례식장에서 어머니를 떠나보내는 과정을 기억하면서 떠나려고 돌아섰을 때 해가 얼마나 뜨겁게 등 뒤를 비추었는지 곱씹는 장면은, 시인이 어머니의 죽음을 기억 너머로, 망각 속으로 보내려고 쏟아야 했던 그 안간힘을 비스듬히 얘기해준다.

시인이 기억의 묘지로 독자를 안내하는 방법은 사진을 통해서다. 이 시집에는 여러 장의 사진이 시로 재현된다. 사진은 지워진 기억을 복원해주는 살아 있는 풍경이고 증거이기 때문이다. '사진: 1971년 눈 폭풍'에서는 눈 폭풍이 몰아닥쳐서 집에 전기가 나가고 음식이 썩는다. 그 비참한 나날 속에서도 밖에선 반짝이는 얼음 아래 아름다운 풍경이 펼쳐진다. 사진이 메꾸는 기억은 그렇게 사라진 과거를 다시 여미고 잇는다. '증거란 무엇인가'에서 시인은 엄마의 살해 현장을 수사한 기록들을 다시 마주하면서 '증거'란 것이 우리가 일상적으로 생각하는 그 문서들이 아니라고 이야기한다. 살해 현장에서 수사관이 채집한 증거들은 법적인 자료로 오래 남지만, 시인에게 날짜와 이름으로 살인 사건을 기록한 종이는 어떤 점에서는 아무것도 아닌 것이 되어버린다. 곳곳에 빈 구멍이 있는 불성실한 역사처럼 그저 추상적인 문서, 의미 없는 문서일 뿐이다. 시의 말미에 이것도 증거가 아니고 저것도 증거가 아니라는 그 부정의 행렬 뒤에 시인이 육신의 풍경을 재배치하는 것은 그래서 중요하다. 쪼개진 빗장뼈라든가, 총알에 구멍이 나버린 관자놀이 등. 시신이 되어 썩어가고 있을 죽은 엄마의 육신을 시에서 되살리면서 시인은 역사 속에 구멍으로 비어 있는 기억의 묘지에 어머니를 다시 눕힌다. 떠올리기 너무 고통스러웠던 젊은 날 어머니의 죽음은 시인이 교차 풍경으로 보여주는 남북전쟁에서 지워졌던 흑인 병사들과 함께 탐색될 때, 비로소 기억의 묘지에 제대로 안치되는 것이다.

"당신이 죽어가고 있을 때": 죄의식과 신화

총 3부로 이루어진 구성에서 1부가 시인 개인의 상실에 초점을 맞추어 엄마의 죽음에 대한 기억의 갈피를 더듬는다면 2부는 미시시피에서 죽어간 흑인 병사들의 이야기를 그린다. 왜 시인은 개인으로 감내하는 참혹한 상실의 풍경, 폭력의 현장에다 남부 흑인들의 역사를 덧입히는가? 이 시집에서 사적인 상실과 고통을 공적인 역사와 함께 짜는 작업은 시인의 역사의식을 잘 보여주는 흥미로운 장치다. 즉 어떤 개인의 역사, 개인의 슬픔, 개인의 참혹과 상실 모두 공적인 역사와 분리될 수 없다는 것을 시인은 잘 안다. 그 어떤 폭력의 기억도, 비참한 죽음도 혼자만의 것이 아니다.

시인이 시집의 제목으로 내세우는 '네이티브 가드'는 북군의 일원으로 남북전쟁에 참전했음에도 그 희생을 인정받지 못하고 죽어간 수십만의 흑인들을 말한다. 남부에서 목화밭을 가꾸던 흑인 노예들은 목숨을 건 탈출을 감행하여 북쪽으로 간다. 헨리 워즈워스 롱펠로(1807~1882)의 시집《노예제도에 대한 시(Poems on Slavery)》를 보면 '디즈멀 스웜프의 노예(The Slave in the Dismal Swamp)'라는 제목의 시가 있는데, 여기서 남부에서 북부로 탈출할 때 지나가는 거대한 늪지대 '그레이트 디즈멀 스웜프'가 나온다. 노예들은 이 늪지대에 몇 날 며칠 목숨을 걸고 숨어 지내다 북부로 건너가 마침내 자유의 몸이 되었는데, 남북전쟁으로 북군 병사가 되어서 다시 남부로 온다. 남부 연합의 심장에 들어와 고향이자 자신들이 떠나온 땅 남부에 맞서 싸우다가 죽은 이들, 흑인 병사들은 북군의 정식 병사로 기입되지도 못했고 죽음조차도 제대로 인정받지 못했다.

미국의 국가 건설을 위해 가장 밑바닥에서 희생되고 동원되었던 이들이 남북전쟁이라는 그 대사에서조차 기념비 하나 없이 지워졌다는 것은 공적인 역사가 얼마나 냉정하고 무심한 방식으로 개인을 무참히 삭제했는지 선명하게 보여준다. 후대의 많은 이들이 아무런 죄의식 없이 그처럼 지워진 자들의 희생 위에서 자유를 구가할 때, 시인은 어머니의 죽음이 자신에게 지운 어떤 죄의식과 씨름하다가 역사가 기만하고 버려둔 그 비극적인 현장을 강박처럼 마주한다. 서시 '시간과 공간에 관한 이론들'에서 미시시피 49번 고속도로를 타고 십아일랜드로 들어가는 여정을 비춘 것은 지워진 역사의 현장을 다시 방문하여 침묵하는 역사서의 장들 사이사이에 짧게 남겨진 기록으로나마 진실을 어떻게든 읽고 또 그 빛을 밝히고자 하는 의지의 표현이다.

진실을 찾고자 하는 시인의 걸음은 이제, 살아오는 동안 내내 견뎌야 했던 가정 폭력의 현장과 갓 열아홉의 나이에 마주해야 했던 엄마의 비참한 죽음의 현장을 지나서 더 거대한 역사의 한 틈새로 진입한다. 이 시집에서 씨실과 날실로 교차하는 개인과 국가의 역사를 함께 엮는 일은, 가부장적인 가족제도 안에서 살려고 몸부림을 쳤으나 잔혹한 폭력의 희생자가 되고 만 젊은 어머니의 뼈와, 백인들이 기입하는 미국 역사에서 마치 없었던 것처럼 싹 지워진 흑인 병사들의 사라진 묘지를 다 함께 추스르는 일이다.

기억의 묘지를 방문하는 일은 그래서 강박처럼 끈질기고 집요하다. 도망치듯 떠나온 자리로 자꾸만 되돌아가야 하기 때문이다. 끔찍한 엄마의 살해 현장으로, 바스러진 뼈로, 이름 없는 병사들의 무덤이 태풍에 쓸려간 그 땅으로. 새아버지에게 살해당한 엄마. 그 잔혹한 죽음이 자기를 대신한 죽음이라고 생각하는 시인은 엄마가 죽어가고 있을 때 잠을 자고 있었다는 말로 떨칠 수 없는 죄의식을 표현한다. 동시에 역사의 진창을 외면한 시민으로서의 죄의식은, 검은 진흙 길에 해골들의 묘지를 숨기고 있는 미시시피강과 도시 전체가 하나의 거대한 무덤이 되어버린 빅스버그 거리를 찾는 것으로 드러난다. 빅스버그는 남북전쟁 당시 남군과 북군에게 매우 중요한 군사적 요충지였다. 남군이 난공불락의 요새로 지키고 있던 빅스버그를 북군이 힘들게 차지하면서 남북전쟁의 승기를 잡을 수 있었다. 그 거리에 얼마나 많은 역사의 유령들이 배회하겠는가. 시인에게 있어 그 되돌아감은 그 무덤들을 방문하는 순례자가 되는 것이다.

촛불을 켠 채, 지하에. 나는 그녀를 볼 수 있다,
　　포탄이 터지는 소리를 들으며 자신을 역사 속에

새겨 넣고 있는 모습을, 이곳에서 살아 있는 모든 것들은
　　어떻게 될까요?라고 물으면서.

이 도시 전체가 하나의 무덤이다. 매년 봄—
　　순례—산 자들은 와서 어울린다,

그 죽은 자들과, 긴 복도에서 그들의
　　차가운 어깨를 스치며, 밤새도록 듣는다,

그들의 침묵과 무관심을, 그 초록의 전쟁터에서
　　그들의 죽어감을 다시 살아본다.

　　　　　　　　　　　　　　　　　—'순례' 중에서

시인의 순례는 침묵과 무관심으로 지워지고 가려진 현장을 다시
바라봄으로써, 거기서 죽어간 이들, 이젠 그 자신들이 침묵으로 무
심하게 누워 있는 망자들을 다시 살리는 의식이다. 고의적인 망실,
부재의 공간, 기억의 묘지를 다시 방문하여 시를 쓰는 시인의 일은
우리로 하여금 다시 새로운 질문을 하게 한다. 가령 이런 것이다.
우리는 어떤 면에서는 매일 역사를 기념하고자 하는데—박물관을
만들고, 기념비를 세우고, 기록을 정리하고 하는, 거창한 대의명분
을 내세우는 그 모든 공적 행위들 말이다—이런 행위 안에서 우리

가 무언가를 새롭게 질문하고 돌아보지 않는다면 수많은 기념 행위들은 실은 기만적인 허구에 복무하게 되는 것 아닌가? 그러므로 우리는 다시 물어야 한다. 우리가 무언가를 기념하고자 할 때, 우리는 누구의 관점에서 어떤 역사를 어떻게 바라보고, 쓰고, 새기고, 기념하고자 하는지.

시집의 대표시 '네이티브 가드'에는 구체적인 날짜가 적혀 있다. 시인은 과거의 사료들을 켜켜이 뒤져 확인하고서 드러나지 않은 역사를 시로 다시 쓴다. 우리가 몰랐던 진실들, 쉽게 은폐되었지만 끝끝내 살아남은 진실들은 부끄러운 역사의 한 장을 다시 밝히는 시를 통해 드러난다. 그래서 시는 다시 쓰는 역사서가 된다. 가령 전쟁터에서 죽어간 흑인 병사들에 대해, 그들이 자신의 부하임에도 사상자가 없다고 보고하는 뱅크스 장군의 냉정한 무모함이라든가, 깃발 들고 항복하는 북군의 흑인 병사들을 외면하고 "개같이 죽여버려"라고 하며 무차별 학살을 가하는 장면은, 인간에 대한 기본적인 윤리가 상실된 전쟁터에서 발생하는 개죽음의 현장을 시로 복원한 것이다.

어떤 역사서에도 제대로 기록되지 않았던 흑인들의 비참한 싸움과 죽음이 시로 다시 발굴되는 현장에서 우리는 우리가 기록하고 기념하는 '역사'란 것의 실체에 대해서 다시 물어보지 않을 수 없다. 남부 연합의 이름을 딴 거리들이 이 도시, 저 도시, 곳곳에 자리한 곳에서 시인은 미국 노예해방의 대의를 위해 희생된 병사들, 침묵과 무관심 속에서 오랜 시간 버려졌던 이들의 음성을 듣고자 한다. ('남부연합 애비뉴'라는 이름으로 남부 도시마다 있던 거리는 최근 들어 다른 이름으로 바뀌고 있다고 한다. 노예제도를 끝까지 고수하고자 했던 남부 연합의 이념과 가치에 대한 향수를 미국이 비판적으로 바라보고자 하는 것이다. 이런 흐름은, 콜럼버스의 날을 기념하며 콜럼버스의 업적을 기리던 미국이 최근 들어서 콜럼버스를 학살자이자 침략자로 규정하고 비판하면서 그날을 미국 원주민의 날로 바꾼 움직임과도 결이 닿아 있다. 이처럼 어떤 정의는 오랜 망각과 무관심 후에 서서히 실현되기도 한다. 이름 바꾸기는 미미해 보여도 상징적인 의미가 큰 변화다.) 그러므로 시인은 묻는다. 선택적으로 기념비가 세워지는 이 역사의 현장은 그 기념만큼이나 어떤 삭제의 현장을 보여주는 것이지 않느냐고. 죽어간 흑인들에 대한 삭제 작업은 곧 역사의 기반을 다진 이름 없는 개인들을 의도적으로 망실하고자 하는 것이기에 시인은 이에 맞서서 네이티브 가드를 다시 우리 눈에 보이는 의식의 수면 위로 떠오르게 하려는 것이다.

의붓아버지 빅 조의 폭력에 자기 대신 희생된 엄마를 되살려내는 일이 개인적 차원의 애도에 머물 때 자칫 슬픔은 자기 개인의 영역에 머물기 쉽지만, 그 사적인 폭력의 역사를 공적 차원의 역사 안에서 함께 여밀 때 시는 개인의 슬픔으로부터 객관적인 거리를 가지고 공적인 장으로 나아간다. 어머니의 끔찍한 죽음을 되살리면서도 시가 지나친 감정이나 슬픔에 침잠하지 않는 것은 그 거리감 덕분일 것이다. 역사 안에서 개인은 어떤 맥락을 더듬어보는 넓은 시각을 확보할 수 있고, 그 시각이 개인의 상실과 집단의 상실을 다시 들여다볼 용기를 주고 해석하게 하는 힘이 된다. 《네이티브 가드》에서 나타샤 트레스웨이가 수행한 역사의 발굴 작업, 보이지 않는 묘지를 순례하는 그 작업은 그런 점에서 19세기 영국의 시인 퍼시 비시 셸리(1792~1822)가 정의한 시인, '세계의 공인되지 않은 입법자(unacknowledged legislators of the world)'로서의 일과도 닮아 있다. 그 작업을 통해서 시인은 지워진 미국의 신화를 복원하려고 한다.

시인이 새로이 발굴하는 엄마의 뼈, 병사들의 무덤, 역사의 가려진 기억은, 미국의 민주주의와 자유를 향하는 길 위에 있는 어떤 열망이다. 실패와 죽음을 넘어서 나아가고자 하는 열망. 그리고 이 열망은 자신이 누리는 자유에 운명적으로 어려 있는 압도적인 죄의식―시인 개인으로는 흑백 혼혈 인종으로서의 운명 외에도 어머니의 비극적인 죽음에서 비롯된 그 무참함―을 인정하는 용기에서 힘을 얻는다. 개인의 비극적인 죽음이 가져오는 망실과 공적 역사의 의도적인 지움이 씨줄과 날줄로 엮이어 개인적인 역사와 집단적인 역사가 교차되는 것은 죄의식과 신화, 열망과 용기의 교집합으로 설명 가능하다.

입이 없는 존재를 향한 헌사

나타샤 트레스웨이의 시는 전반적으로 크게 어렵지 않다. 문장이나 어휘가 비교적 평이하다. 서정 주체의 의식도 그다지 혼란스럽지 않다. 개인사를 이야기할 때도 여러 층위의 목소리로 변조하지 않는다. 무덤을 발굴하는 묵직하고 책임감 있는 조사관처럼 시인은 뚜벅뚜벅 직진하며 묻혀 있던 과거의 역사를 들여다보고 개인의 상실 너머를, 엄마의 죽음 이후를 응시한다. 시인은 한 인터

뷰에서 자신은 엘리트 독자를 위해서 시를 쓰지 않는다고 말한 바 있는데, 이는 시인이 품고 있는 시의 지향점과 철학을 잘 보여준다. 나타샤 트레스웨이는 이 세계를 살아가는 평범한 독자들이 시를 읽고, 그 시를 함께 읽으면서 몰랐던 진실에 새로이 눈을 뜨고, 용기와 열망을 다시 새기고, 그 용기로 이 세계를 더 낫게 만들기를 바란다.

그 점에서 나타샤 트레스웨이는 시를 통해 새로운 나라를 만들어가고자 하는 미국 시인들의 열망을 공유하며, 이러한 미국 시의 큰 흐름에 속해 있다. 배타적인 소수의 엘리트 지식층을 대상으로 하지 않는 나타샤 트레스웨이의 시는 19세기 미국의 민주주의 시인 월트 휘트먼(1819~1892)이 그린 시의 이상을 닮아 있다. 월트 휘트먼은 시인이라는 존재를 연약한 것들을 속속들이 비추는 태양빛에 빗대어 말한 적이 있다. 가감 없이 모든 존재에 골고루 내리쬐는 태양 빛은 현실 정치에서 보이는 권력 장치나 힘의 균형과 아무 상관이 없다. 이처럼 시인은 모든 존재의 입이 되어야 하는 것이다.

나타샤 트레스웨이가 《네이티브 가드》에서 한 작업은 목소리 없이 죽어간 사람들, 무덤 하나 남기지 못하고 그 땅에 썩어간 시체들, 기름진 목화밭으로 미국이라는 나라의 번영의 땅이었던 남부가 그처럼 아픈 상처의 땅이 된 그 과정을 되살리는 것이었다. 시로써 민주주의를 구현하고 가려진 역사의 장을 새롭게 발굴하여 들려주고자 하는 시인의 철학은, 그 이전 시집 《벨로크의 오필리아》에서 1910년대 뉴올리언스에서 몸을 팔며 산 혼혈 여성을 재현하는 작업에서나 죽은 엄마의 지난날을 되살리면서 동시에 죽은

흑인들의 무덤을 발굴하는《네이티브 가드》에서나 한결같다. 시인
은 입이 없는 존재들을 지켜주는 수호자가 되겠다는 듯, 가려진 목
소리들을 찾아 나선다.

나타샤 트레스웨이의 시를 우리말로 옮기면서 역자는 시인에게
큰 힘을 받는 느낌이었다. 자료를 찾으면서 마주한 시인의 어린 시
절 가족사진은 너무 아름다웠다. 이혼하기 전 잘생긴 백인 아버지
와 가녀린 몸매에 매우 아름다운 검은 얼굴의 어머니, 그리고 뽀얀
얼굴에 금발 곱슬머리를 한 나타샤는 그야말로 미국 사회가 도달
해야 할 미래의 이상향처럼 보였다. 자신들이 믿는 바를 그대로 따
라 흑백 결혼이 합법적으로 인정받지 못하는 땅에서 일찍 이상을
이루려다 상처받고 망가진 가족. 이혼 후 재혼한 상태에서 아이를
더 낳고 새 생활을 꾸리려던 엄마 궨이 집착적인 남편 때문에 겪
은 부당한 폭력의 현실은 지금조차도 수많은 여성들이 겪고 있는
현실이다. 시 '블론드'에서 그려지듯, 백인으로 봐도 이상하지 않
은 외모를 타고난 나타샤 트레스웨이가 평생 씨름한 자신의 인종
적 정체성에 대한 고민들, 열아홉에 경험한 엄마의 죽음, 그 거대
한 망실을 찾아 나서는 시인의 시 작업 자체가 역자에게는 큰 용기
를 주었다.

시인은 한 인터뷰에서 자신이 말하는 죄의식이 의식적인 층위보
다는 무의식적인 층위에서 나온 거라 이야기하는데, 이 고백은 상
처나 흔적에 대해 우리가 잊고 있던 어떤 면을 정확하게 간파하는
말이다. 우리 내면에는 잊고 있기에 극복했다고 생각하는 일도 있
고, 너무 두려워 의식의 층위로 끌어 올리지 못하는 상처도 있다.
어떤 상처는, 다 잊고 지웠다고 생각했다가 세월이 한참 지난 후에

쓰나미처럼 새로운 형식으로 감당할 수 없을 만큼 압도적으로 몰려오기도 한다. 그 점에서 시인이 엄마의 비극적인 죽음을 공적인 역사에서 지워진 이들과 병치하여 시의 형식으로 풀어낸 것은 말로 표현하기 힘든 엄청난 슬픔을 가시화하기 위한 매우 효과적인 전략이었다 생각한다. 인종 문제가 국가적 폭력의 도화선처럼 도사리고 있는 미국에서 시인 개인이 감당해야 했던 처참한 폭력의 기억은 의식 너머에 있다 해서 지워진 것이 아닌데, 이를 어떤 방식으로 드러내는가는 또 다른 문제이기 때문이다. 많은 애도의 시들이 자기 슬픔의 홍수에 갇혀 지나치게 주관적인 방식으로 감정을 토로하면서 거꾸로 독자들의 공감을 얻는 데 실패하는 사례를 생각하면 나타샤 트레스웨이의 전략은 더욱 돋보인다.

인문학이 도처에서 수난을 겪는 시기에 입이 없는 존재를 향해 바치는 시의 헌사를 우리말로 옮기면서 용기를 얻었던 것은 그런 이유에서다. 어떤 말의 형식으로도 표현 불가능했을 그 폭력의 흔적을 마주하며 가슴이 미어졌지만, 그 미어짐은 슬픔을 폭증시키기보다는 역사 안에서 만나는 무수한 폭력의 기억들을 대면할 수 있게 해주는 감정의 순치 과정 안에서 위안과 용기로 되돌아왔다. 성실한 편집자의 번역 독촉을 받으면서, 바쁜 학기 중에 다른 일을 하다가 시 번역으로 돌아왔을 때 혼자 간간이 웃을 수 있었던 것은 시가 주는 이 기묘한 용기 덕분이었다.

시를 번역하면서 늘 묻는다. 1966년생의 시인이 먼 미국에서 쓴 남부의 역사가 이곳 한국에서 어떤 독자를 만나게 될까? 퓰리처상을 탄 시집이지만, 이익이나 효용, 혹은 대중성의 잣대로 학문의 가치를 쉽게 판단하고 시의 무용함을 아무런 거리낌 없이 말하는 이 시절에, 미시시피주 먼 남부의 역사를 읽는 것은 어떤 의미가 있는가? 남편에게 얻어맞고 뼈가 부러지고, 결국 총알에 몸이 구멍 뚫려 바스러진 한 여인, 아름답기 그지없던 한 여인이 시대가 규정한 가치에 맞서서 자기 의지로 살아내려고 안간힘으로 버티다 결국 스러진 운명, 기껏 자유인이 되었으나 다시 떠나온 땅으로 돌아와 이름 없이 죽어간 그 무수한 흑인 병사들의 운명. 그 이야기는 오늘, 이 땅에서 한국어의 옷을 입고 누구에게 가닿을까 상상하곤 했다.

3부에서 다시 어머니의 운명으로 돌아와 그리는 여러 장면들은 어떤 섭리에 대해 말하는 것 같다. KKK단의 폭력에 떨고 있던 가족의 이야기, 사랑했으나 헤어져야 했던 시인의 용감하고 젊은 부모님. '남부의 고딕' '섭리' '네이티브 가드를 위한 비가' 등에서 시인은 앞에서 펼쳐 보인 개인의 역사와 공적인 역사를 다시 모은다. 물라토, 혼혈인 시인의 고향 땅은 아무 죄가 없는 개인을 죄인으로 만들지만, 그 땅에 돌아온 시인은 시 '남부'에서 말한다. "내 원래의 땅에서 / 내가 네이티브인데, 이곳에 그들은 나를 묻을 것이다"라고. 시인은 떠나온 땅이 나를 배반할 것을 알면서도 돌아오는 자, 그 땅에 묻힐 것을 알면서도 그 저주의 운명을 섭리처럼 마주하는 자다.

오늘도 무수히 많은 여성이, 힘이 없는 어린 자들이, 입이 없는 존재들이 폭력에 희생되고 있다. 말에 얻어맞고, 권력에 당하고, 불안에 떨면서, 최선을 다해 일상에 복무하면서도 온갖 치욕을 감당하며 사는 사람들. 이 시집이 그들에게 가닿으면 좋겠다. 어제도 있었고 오늘도 있고 내일도 있을 그 무수한 형태의 폭력과 야만을 감내하며 하루하루 살아가는 이들에게 어떻게든 가닿으면 좋겠다. 폭력의 결과는 억눌러서 사라지는 것이 아님을 폭력을 행사하고도 아무 죄의식 없이 사는 이들이 알게 하면 좋겠다. 상처는 지운다고 지워지는 것이 아님을, 모든 억압은 결국 어떤 형태로든 되돌아오고 되살아난다는 것을. 모든 불의는 결국 어떤 형태의 치욕으로든 드러난다는 것도. 시를 읽고 시를 옮기는 일은 어떤 의미가 있는지, 왜 하염없는 나날을 책상 앞에 못 박혀서 시를 읽고 시를 옮기고 있는지, 이 고통과 이 기쁨은 무엇을 향해 있는지를 질문하면서도 번역 작업이 고통스럽지 않았던 것은 이 믿음을 확인하는 과정에서 얻은 용기 덕분이다.

2022년 7월, 경북 영천 하절

《네이티브 가드》 번역을 거의 다 마칠 무렵에 고향에 내려가 부모님을 뵙고 왔다. 부모님은 여든을 지나시면서 많이 쇠약해지셨지만 아직 마음은 청청히, 총기를 잃지 않으려 애쓰고 계신다. 스무 살 시절부터 줄곧 객지 생활을 한 내게 부모님은 늘 그립고 그리운 대상이다. 매일 전화를 해도 그립다. 젊은 날 성품에 맞지 않는 사업을 하느라, 또 10남매 둘째이면서 2대 양자로 두 집안의 책임감의 무게를 평생 짊어지고 사느라 고생하신 아버지는 요즘 사진을 즐겨 찍으신다. 붓글씨와 시에는 원래 취미가 있으셨지만, 사진가로서의 아버지를 새록새록 발견하는 나날이 신기하다. 다정하고 정 많은 엄마는 아버지 뒤를 따라 종종거리며 삼시 세끼를

챙기시고.

여름 햇살이 환한 날, 두 분을 모시고 영천 하절에 있는 문중 산소에 다녀왔다. 아주 넓은 터에 고려 중기부터 내려온 선조들의 묘소가 층층이 비석과 함께 서 있다. 지팡이를 짚고 산소를 돌면서 아버지는 비석의 한문을 한 자 한 자 읽으시며 내가 모르는 역사 이야기를 해주신다. 임진왜란이 음력 몇 월 며칠이었는지 아버지의 기억은 놀랍도록 정확하다. 일본이 쳐들어왔을 때 우리나라 남쪽의 도성들이 얼마나 속절없이 함락되었는지, 그러다 분연히 일어난 의병들의 활약. 1호 의병장 정세아 장군을 중심으로 영천성을 탈환한 이야기. 이에 힘입어 경주성을 되찾으러 갔다가 포위되고, 그 아들 정의번이 아버지를 구출하려고 돌격대를 만들었다가 전사한 이야기. 정의번의 노예 억수가 탈출하라는 주인의 명을 따르지 않고 주인과 함께하겠다며 끝까지 곁을 지켜 함께 전사한 이야기. 후에 정세아는 아들 의번의 죽음 후에 시신을 찾지 못하자 대신 그가 남긴 시와 친구들이 쓴 만사와 제문을 모아서 아들이 입던 의복과 함께 관에 넣어 장사를 지냈다고 한다. 그 무덤을 시총(詩塚)이라 한다고. 영천 하절의 그 무수한 비석들 사이 정의번의 시총 무덤 아래엔 함께 죽은 '충노 억수'의 무덤도 있는데, 우리 선조들은 그 뜻을 기려서 대대로 노비 억수의 제사를 경건히 지냈다 한다.

늙은 아버지는 자꾸만 사라지는 기억을 천천히 더듬으며 이야기한다. 어떤 역사 드라마보다 더 생생히 실감 나는 장면들. 왕조가 바뀌는 상황에서 마음을 지키다 처참히 죽어간 포은 정몽주의 이야기도 새삼스럽다. 선조의 역사를 말씀하시는 아버지는 그 여러 겹의 생을, 그 의연한 결의를 고스란히 스스로 다시 사시는 것만 같다. 햇볕 쨍쨍한 칠월의 드넓은 산소에서 역사의 지워진 틈새를 어제처럼 들여다보던 우리. 아버지가 말씀하신다. 이런 기억들 통해서 역사는 새로 발굴되는 거야, 발굴.

시인 나타샤 트레스웨이가 들려주는 미국 남부의 이야기를 새기던 나날에 부모님과 함께 방문한 문중 산소의 기억을 이토록 상세히 말하는 것은, 이 시집의 번역 작업 중 선물처럼 맞은 그날의 기억 덕분에 미루고 있던 역자 후기의 말문이 트였기 때문이다. 후기의 제목은, 그날, 2022년 7월 영천 하절(정식 이름은 하천인데 하절로 불린다) 무덤가에서 아버지가 주신 것과 다름없다. 기억하고 증언하는 시가 새로이 역사를 발굴하는 장소가 될 수 있다고, 시는 현실과 동떨어진 미문(美文)의 작업이 아니라고, 역사를 다시 쓰면서 작고 마른 희생자의 뼈를 새로이 추슬러 분골하는 성스러운 작업이라고. 엄마의 뼈, 흑인 병사들의 사라진 무덤을 찾아간 나타샤 트레스웨이의 시들은 시총 무덤가의 먼 이야기와 절묘하게 겹쳐진다.

이렇게 시는 보이지 않고 가려졌던 연약한 존재들을 우리 의식의 중심에 떠올린다. 이제 이 시집을 읽고 누가 나타샤 트레스웨이의 엄마 궨의 죽음이 우리와 먼 이야기라고 하겠는가. 꽃도 십자가도 없고 묘비도 없는 그 무덤들을 찾아, 남부의 착잡한 역사를 더듬어 자기 엄마를 죽인 땅으로 되돌아가는 시인 나타샤 트레스웨이. 그가 가장 사랑하는 작가는 토니 모리슨이다. 지워진 것, 말해질 수 없는 것을 말하는 것이 문학의 언어라고 말한 대작가 말이다. 시는 어쩌면 죽은 영령들을 다시 맞는 일 아닌가. 이 얘기는 전화 속 아버지 말씀이던가.

증오하지 않고 지키는 일

이해하기 힘든 역사적 재난 앞에서, 또 그 재난을 기록하는 정치의 무능력과 무기력 앞에서, 냉정한 현실 논리 앞에서 우리는 자주 실망하고 절망한다. 하지만 중요한 것은, 그런 과거와 현실을 부정하고 가두기보다는 대면하는 일이다. 역사의 큰 수레바퀴 안에서 무력하고 약한 개인으로서 우리 각자가 그런 현실을 증오하지 않고 지키는 한 방법은, 무참한 비극을 피하지 않고 대면하는 시인의 용기를 우리 것으로 만드는 것이다. 개인의 과오든, 피할 수 없는 큰 역사의 수레바퀴든, 우리는 어떤 과거나 운명에 묶인 존재들이어서, 그 사슬을 푸는 것도 과거를 직시하는 용기에서 나올 것이기 때문이다.

이와 관련하여 글을 마무리하기 전에 번역 얘기를 덧붙이고자 한다. 제일 마지막 순간까지 고민한 것이 시집 제목의 번역이었다. 요즘은 영화 제목 등에서 우리말로 모두 옮기지 않고 소리 나는 원어 그대로를 표기하는 사례가 많지만, 나는 어지간한 대목은 모두 대체어를 찾는 것이 역자의 기본적인 임무라고 생각하는 편이다. 그런데 시집 전체에서 가장 중요할 제목, '네이티브 가드(native guard)'를 우리말 대체어를 찾아 옮기지 않고 그대로 소리 나는 대로 표기했다. 이는 번역의 가장 큰 힘겨움이면서 깊은 신비인 시 언어의 다의성을 그대로 남겨두기 위한 실험적인 결단이다. 여러 가능성 중에 하나의 의미를 선택해서 고착해야 하는 것이 번역의 큰 곤경인데 이번에는 단어가 품고 있는 여러 가능성의 함의를 독자들과 함께 현재형의 고민으로 가지고 가는 길을 택한 것이다. 고민은 곧 가능성이고 질문은 곧 답이니 말이다.

옥스퍼드 사전을 찾아보면 '네이티브(native)'의 첫 의미는, 놀랍게도, '토박이의'가 아니라 '노예나 속박의 상태로 태어난 사람들'이다. 우리 각자는 그 점에서 모두, 이 땅, 이 장소, 내가 태어난 도시, 나의 가족, 내가 자란 어떤 시절의 색, 역사에 서로 매여 있는 네이티브들이다. 토박이면서 속박된 이들인 것이다. 네이티브는 또, '꾸밈없이 단순한, 소박한'의 뜻도 있다. 나, 우리 각자, 우리 모두는 이 땅을, 내가 눈감고 있는 내 안의 모순들을, 내가 외면하고 있는 이웃의 슬픔을, 국가의 운명을, 꾸밈없이, 속절없이 함께 앓을 수밖에 없는 존재다. 그래서 더욱더, 나, 우리는 서로가 서로를 지켜주는 '가드'가 되어야 할 것이다.

시집이 던지는 가장 큰 주문, 쉽지 않은 과제는, 바로 그거다. 그 점에서 이번 번역은 시의 독자들에게 극복하기 힘든 개인의 슬픔을 나누고, 늘 우리를 짓누르는 무거운 역사의 속박을 함께 안고 가자는 초대이기도 하다. 시를 읽는 시의 독자들께, 또 어려운 시절에 시집 번역을 소명처럼 이어가는 출판사와 편집자에게 마음 깊이 고마움 전하며 긴 후기를 총총히 마무리한다. 인간됨을 옥죄는 이 시절에 부디 질식하지도 바스러지지도 말고, 무덤에 돋아나는 초록 풀처럼 모두 거침없이 생생하시길 빈다.

네이티브 가드

1판 1쇄 발행 2022년 10월 12일

지은이 · 나타샤 트레스웨이
옮긴이 · 정은귀
펴낸이 · 주연선

(주)은행나무
04035 서울특별시 마포구 양화로11길 54
전화 · 02)3143-0651~3 | 팩스 · 02)3143-0654
신고번호 · 제 1997—000168호(1997. 12. 12)
www.ehbook.co.kr
ehbook@ehbook.co.kr

ISBN 979-11-6737-222-2 (03840)